ESTE DIÁRIO PERTENCE A:

Nikki J. Maxwell

PARTICULAR E CONFIDENCIAL

Se encontrá-lo perdido, por favor devolva para MIM em troca de uma RECOMPENSA!

(PROIBIDO BISBILHOTAR!!!☹)

TAMBÉM DE Rachel Renée Russell

Diário de uma garota nada popular:
histórias de uma vida nem um pouco fabulosa

Diário de uma garota nada popular 2:
histórias de uma baladeira nem um pouco glamourosa

Diário de uma garota nada popular 3:
histórias de uma pop star nem um pouco talentosa

Diário de uma garota nada popular 3,5:
como escrever um diário nada popular

Diário de uma garota nada popular 4:
histórias de uma patinadora nem um pouco graciosa

Diário de uma garota nada popular 5:
histórias de uma sabichona nem um pouco esperta

Diário de uma garota nada popular 6:
histórias de uma destruidora de corações nem um pouco feliz

Diário de uma garota nada popular 6,5: tudo sobre mim!

Diário de uma garota nada popular 7:
histórias de uma estrela de TV nem um pouco famosa

Diário de uma garota nada popular 8:
histórias de um conto de fadas nem um pouco encantado

Diário de uma garota nada popular 9:
histórias de uma rainha do drama nem um pouco tonta

Diário de uma garota nada popular 10:
histórias de uma babá de cachorros nem um pouco habilidosa

Diário de uma garota nada popular 11:
histórias de uma falsiane nem um pouco simpática

Diário de uma garota nada popular 12:
histórias de um crush nem um pouco secreto

Rachel Renée Russell

DIÁRIO
de uma garota nada popular

Histórias de um aniversário nem um ☆ POUCO ☆ feliz

Com **Nikki Russell e Erin Russell**

Tradução: Carolina Caires Coelho

7ª edição
Rio de Janeiro-RJ/São Paulo-SP, 2024

VERUS
EDITORA

TÍTULO ORIGINAL: Dork Diaries: Tales from a Not-So-Happy Birthday
EDITORA: Raïssa Castro
COORDENADORA EDITORIAL: Ana Paula Gomes
COPIDESQUE: Anna Carolina G. de Souza
REVISÃO: Raquel de Sena Rodrigues Tersi
DIAGRAMAÇÃO: André S. Tavares da Silva
CAPA, PROJETO GRÁFICO E ILUSTRAÇÕES: Lisa Vega e Rachel Reneé Russell

Copyright © Rachel Reneé Russell, 2018
Tradução © Verus Editora, 2019
ISBN 978-85-7686-746-3
Todos os direitos reservados, no Brasil, por Verus Editora.
Nenhuma parte desta obra pode ser reproduzida ou transmitida por qualquer forma e/ou quaisquer meios (eletrônico ou mecânico, incluindo fotocópia e gravação) ou arquivada em qualquer sistema ou banco de dados sem permissão escrita da editora.

VERUS EDITORA LTDA. Rua Argentina, 171, São Cristóvão, Rio de Janeiro/RJ, 20921-380, www.veruseditora.com.br

CIP-BRASIL. CATALOGAÇÃO NA FONTE
SINDICATO NACIONAL DOS EDITORES DE LIVROS, RJ

R925d

Russell, Rachel Reneé
  Diário de uma garota nada popular 13 : histórias de um aniversário nem um pouco feliz / texto [e ilustração] Rachel Reneé Russell ; com Nikki Russell, Erin Russell ; ilustração Lisa Vega ; tradução Carolina Caires Coelho. - 7. ed. - Rio de Janeiro, RJ: Verus, 2024.
  il. ; 21 cm
  Tradução de: Dork Diaries 13 : Tales from a Not-So-Happy Birthday
  ISBN 978-85-7686-746-3
  1. Ficção. 2. Literatura juvenil americana. I. Russell, Nikki. II. Russell, Erin. III. Vega, Lisa. IV. Coelho, Carolina Caires. V. Título.

18-53595

CDD: 808.899283
CDU: 82-93(73)

Vanessa Mafra Xavier Salgado - Bibliotecária - CRB-7/6644

Revisado conforme o novo acordo ortográfico.
Impressão e acabamento: Gráfica Santa Marta

FELIZ ANIVERSÁRIO A TODOS OS MEUS FÃS NADA POPULARES!

Espero que seu aniversário seja tão especial quanto você ☺!

QUARTA-FEIRA, 4 DE JUNHO

AI, MEU DEUS! MINHA FESTA DE ANIVERSÁRIO ESTÁ MAIS DO QUE MARAVILHOSA!
ÊÊÊÊÊ ☺!

Imagine só uma festa FABULOSA e DIVERTIDA no Westchester Country Club com banda, DJ, pizza e sorvete à vontade, duzentos dos meus amigos mais próximos, minhas melhores amigas leais, meu CRUSH adorável e um belo bolo de aniversário.

Tudo está TÃO inacreditavelmente PERFEITO que preciso me beliscar para ter certeza de que não é um sonho. AAAAAI!! Doeu! (Acabei de me beliscar!)

A BOA NOTÍCIA é que nem mesmo minha INIMIGA mortal, MacKenzie Hollister, é capaz de ESTRAGAR o dia mais INCRÍVEL de toda a minha vida ☺!

A MÁ NOTÍCIA é que eu estava totalmente ENGANADA a respeito da BOA NOTÍCIA ☹!...

Minha festa de aniversário maravilhosa tinha se transformado em uma completa CATÁSTROFE! Foi HORRÍVEL! Ainda bem que a coisa toda não passou de um...

PESADELO TERRÍVEL ☹!!

AI, MEU DEUS! O sonho pareceu TÃO real! Acordei ASSUSTADA e suando frio.

E agora a simples ideia de fazer uma festa está me deixando APAVORADA.

É óbvio que estou sofrendo de uma doença séria e debilitante chamada FFAA, ou FOBIA DE FESTA DE ANIVERSÁRIO ARRUINADA.

É um medo irracional de desastres em festas de aniversário.

Acho que peguei essa doença no meu aniversário de cinco anos. Eu tinha convidado TODA a minha turma do jardim de infância, e meu pai se vestiu de palhaço.

Ele estava HILÁRIO!

Até que ele foi acender as velas do bolo e acidentalmente botou fogo na parte traseira da sua calça larga de palhaço.

Não me pergunte COMO!

Primeiro, meu pai entrou em pânico e correu pelo salão gritando: "FOGO! FOGO!"

Depois, apagou o fogo bem depressa porque SE SENTOU numa tigela enorme de ponche de frutas!

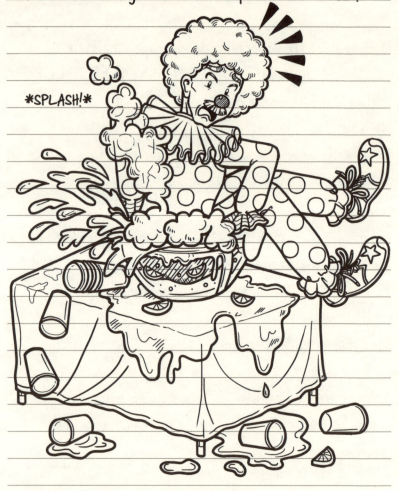

MEU PAI, O PALHAÇO, SENTANDO NO PONCHE!

Todas as crianças riram e se divertiram porque pensaram que aquilo fazia parte de um número muito engraçado do palhaço. Mas eu fiquei TÃO chateada que não consegui nem comer um pedaço do meu bolo de aniversário.

Até hoje, sinto um MEDO extremo de palhaços. Por sorte, não de TODOS eles. Só de PALHAÇOS QUE GRITAM com o TRASEIRO em CHAMAS!

Estou falando BEM sério! Eles praticamente me MATAM de medo.

NÃO É PARA RIR! NÃO tem graça ☹!

Tá bom, talvez SEJA meio engraçado ☺.

Mas MESMO ASSIM!

De qualquer modo, meu aniversário é no sábado, dia 28 de junho, e minhas melhores amigas, a Chloe e a Zoey, estão me IMPLORANDO para organizar uma festona.

Elas estão tão animadas que vão vir aqui amanhã para me ajudar a planejar tudo.

Infelizmente, a Chloe e a Zoey vão ficar SUPERdecepcionadas quando eu contar a má notícia de que mudei de ideia. Aquele sonho assustador me deixou apavorada com a possibilidade de que, mesmo que uma COISINHA QUALQUER dê errado, meu aniversário acabe se transformando em um DESASTRE completo.

Ei, eu ADORARIA ser a bela e popular PRINCESA DA FESTA.

Mas qual é? QUEM eu quero enganar?! MINHA vida NÃO é um conto de fadas. E eu NÃO sou a Cinderela.

Sinto muito! Mas, se eu saísse correndo, de um jeito bem dramático, de um baile real à meia-noite com um vestido glamoroso e encantado e perdesse meu belo sapatinho de cristal, acabaria pisando bem em cima de um COCÔ DE CACHORRO!

!!

QUINTA-FEIRA, 5 DE JUNHO

AINDA estou assustada com o pesadelo, e ele não para de se repetir na minha cabeça, como um filme de terror. No sonho, eu ficava coberta de glacê da cabeça aos pés, feito um cupcake HUMANO ☹!

Então hoje eu planejei contar para a Chloe e a Zoey que decidi NÃO fazer uma festa de aniversário.

Com todas as coisas que podem dar ERRADO, simplesmente não vale a pena correr o risco. Eu esperava que minhas melhores amigas entendessem e me apoiassem.

Elas chegaram em casa bem animadas, com uma pilha ENORME de livros e revistas sobre ORGANIZAÇÃO DE EVENTOS. Que maravilha ☹!

Mas fiquei totalmente chocada quando elas gritaram "SURPRESA!" e me deram um livro best-seller novinho.

Eu NÃO podia acreditar no que estava vendo, e só fiquei olhando para ele ENCANTADA!...

Era um livro sobre ORGANIZAÇÃO DE FESTAS baseado no meu programa de TV FAVORITO, o Minha vida muito rica e fedida! A Chloe e a Zoey disseram que era um presente de aniversário bem adiantado que eu poderia usar para planejar a minha festa.

E olha isso! Elas também pediram uma PIZZA grande DE MUÇARELA (o que foi bom, porque toda aquela PREOCUPAÇÃO com a minha festa tinha me deixado com uma BAITA FOME!).

Ficou óbvio que minhas melhores amigas estavam levando a tarefa de organização da festa MUITO a sério ☹!

18

Subimos correndo a escada e entramos no meu quarto...

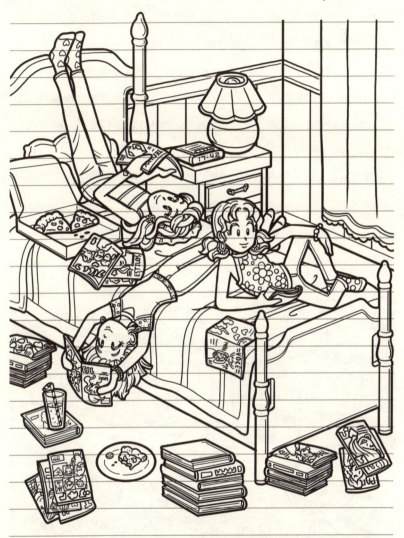

A CHLOE, A ZOEY E EU NOS ESBALDANDO COM A PIZZA ENQUANTO LEMOS LIVROS E REVISTAS SOBRE ORGANIZAÇÃO DE FESTAS!

Apesar de valorizar os esforços delas, finalmente reuni coragem para contar a má notícia. "Olha, meninas, fico muito agradecida por vocês estarem me ajudando a planejar uma superfesta de aniversário. Mas, para ser sincera, eu já estaria bem feliz se ficássemos só nós três no quintal tentando não morrer engasgadas com os hambúrgueres queimados do meu pai", falei brincando.

"Nikki, que ideia MARAVILHOSA!", a Zoey exclamou. "Olha isso! O livro sobre organização de festas tem alguns conselhos para um piquenique MUITO DIVERTIDO." Ela me mostrou uma página do livro...

"Até sugere uma fogueira!", a Chloe comentou. "Ai, meu Deus! Vai ser TÃO ROMÂNTICO, né?! Para VOCÊS SABEM QUEM...!" Logo em seguida, ela começou a fazer barulhinho de beijos com a boca.

Eu meio que senti vontade de DAR UM TAPA nela. Mas não fiz isso. "Parece... humm... interessante. Mas por que nós TRÊS não passamos a noite aqui mesmo vendo filmes?", insisti.

A Chloe folheou meu livro novo. "Adivinhem! Aqui também fala de passar a noite. Vejam..."

FESTA DO PIJAMA COM FILMES

ASSISTA A FILMES DIVERTIDOS COM SETENTA E CINCO AMIGOS!

"Nossa! ISSO parece muito LEGAL!", a Zoey riu.

Tudo bem. Eu estava começando a ficar irritada. "CHLOE! ZOEY! POR FAVOR! Preciso MUITO que vocês duas OUÇAM!", gritei. Elas ficaram bem quietas e olharam para mim.

"Nikki, você manda! É o SEU aniversário. Se quiser uma festa para OUVIREM, a gente concorda." A Chloe deu de ombros.

"AMEI essa ideia!", a Zoey exclamou. E nos mostrou outra página do livro...

"Uma festa para ouvir seria muito RETRÔ e CHIQUE!", ela disse, animada.

Eu NÃO podia acreditar que as minhas amigas eram tão SEM NOÇÃO! Foi quando perdi totalmente o controle!

"QUAL É, meninas! Eu estou tão ESTRESSADA que sou capaz de... GRITAAAAR!!", resmunguei.

"Seu livro é MARAVILHOSO!", a Chloe exclamou. "Na verdade, tem uma FESTA para ISSO também!!"...

"Você podia fazer uma festa do grito para duzentas pessoas em um galpão!", a Zoey sugeriu.

AI, MEU DEUS! Eu senti vontade de fazer uma FESTA DO GRITO bem ali no meu quarto.

"POR FAVOR, APENAS PAREM! Não quero saber de NENHUMA festa! Minha vida está SUPERestressante no momento. Parece que estou sendo lançada no fundo da piscina da popularidade e posso morrer ou nadar. Sei que preciso mergulhar de cabeça, mas estou morrendo de medo de ME AFOGAR! Vocês entendem o que estou tentando dizer?"

A Chloe e a Zoey trocaram olhares e então me encararam, assentindo lentamente.

"Espero que vocês não estejam BRAVAS comigo", murmurei.

"Nikki, POR QUE estaríamos bravas com você?!", a Zoey perguntou. "É NOSSA culpa não termos entendido o que você queria. Não estávamos prestando atenção."

"Agora estamos OUVINDO em alto e bom som!", disse a Chloe. "E para nós está perfeito se você quiser uma..."

MINHAS MELHORES AMIGAS ACHAM QUE EU QUERO UMA FESTA NA PISCINA?!

"Uma festa na piscina é a NOSSA primeira opção também!", a Zoey gritou, animada.

"Mas queríamos deixar você totalmente À VONTADE, já que é SEU aniversário!", a Chloe falou.

"Por sorte, seu livro novo tem um capítulo inteiro sobre festas na piscina!", a Zoey acrescentou.

Então elas começaram a dançar pelo quarto gritando: "FESTA NA PIS-CI-NA! FESTA NA PIS-CI-NA! A NIKKI VAI DAR UMA FESTA NA PIS-CI-NAAAA!"

De repente, ficou muito claro que as minhas melhores amigas queriam MUITO, MUITO MESMO que eu desse uma festa de aniversário!!

E, por mais que a ideia me incomodasse, eu não tive coragem de decepcioná-las. Então comecei a pular e a dançar pelo quarto com elas, gritando: "FESTA NA PIS-CI-NA! FESTA NA PIS-CI-NA! Eu vou dar uma FESTA NA PIS-CI-NAAAA!"

Depois disso, demos um abraço coletivo! Foi quando a Chloe e a Zoey disseram a coisa mais doce e fofa que alguém poderia ter me dito.

"Estamos TÃO felizes porque você vai dar essa festa, Nikki! Você merece! E, como pode ser que você esteja em Paris no verão, queremos muito passar esse dia especial comemorando VOCÊ!", a Chloe explicou.

"Finalmente, NÓS vamos poder fazer uma coisa LEGAL para você em retribuição a TODAS as coisas MARAVILHOSAS que VOCÊ tem feito por NÓS!", a Zoey exclamou.

"Nikki! Você é a MELHOR amiga DO MUNDO!", as duas exclamaram e começaram a chorar.

AI, MEU DEUS! Naquele momento, eu me senti MUITO especial! É bem óbvio que a Chloe e a Zoey se IMPORTAM comigo de verdade!

Elas são AS MELHORES. AMIGAS. DO MUNDO!

E, se essa festa de aniversário vai deixar as DUAS felizes, então também vai ME deixar feliz!

☺!!

PS: Eu deveria estar FELIZ porque NÃO vou ter que ver muito a MacKenzie no verão. Pela primeira vez, minha vida vai ficar livre de DRAMA!! UHU ☺!

SEXTA-FEIRA, 6 DE JUNHO

Estamos em férias de verão há APENAS três dias, e a PIRRALHA da minha irmã, a Brianna, JÁ está me deixando...

MA-LUUU-CA ☹!

Desde que ganhou a medalha de cozinheira das escoteiras há algumas semanas, ela anda obcecada por preparar comidas de gosto duvidoso inadequadas para consumo humano.

Seria de esperar que, com a prática, a Brianna não fosse mais uma cozinheira tão PÉSSIMA.

Não entendo como é possível, mas, em vez de as suas habilidades na cozinha melhorarem, parece que só pioram!

Quando desci a escada, a Brianna estava ocupada QUEIMANDO o café da manhã.

"Bom dia! Está com fome?", ela perguntou.

"Ai, meu Deus!!", eu quase engasguei enquanto tapava o nariz. "Brianna, QUE CHEIRO é esse?!"

BRIANNA, PREPARANDO MAIS UMA REFEIÇÃO NOJENTA

Na verdade, o cheiro estava HORRÍVEL! Tipo lixo de dez dias. Apodrecendo com aquela água limosa.

De repente, eu notei que uma fumaça preta e fedida saía da torradeira.

A Brianna abanou a fumaça e sorriu.

"Estou preparando SARDINHAS com pasta de amendoim, nadando em ketchup e cobertas com minhocas de gelatina, tudo servido no pão tostado. É um sanduíche gourmet para o café da manhã que eu mesma inventei!", ela explicou, toda orgulhosa.

"Brianna, isso parece... ECA! Nem tenho palavras para descrever!", murmurei.

E fiquei enjoada.

"Que tal DELICIOSO?! Deve ficar pronto em segundos...!", a Brianna comentou enquanto olhava para a torradeira.

Foi quando ouvi um enorme...

ESTRONDO!

Só vi um borrão quando o sanduíche de pasta de amendoim, sardinha, ketchup e minhocas de gelatina explodiu da torradeira como um FOGUETE!

E bateu no teto da cozinha a cento e cinquenta quilômetros por hora com um sonoro...

PAF!

...e ficou grudado ali feito cola. Meleca de minhoca de gelatina derretida e ketchup pingavam do teto, formando uma poça colorida feito arco-íris no chão.

"OOOPS!", a Brianna murmurou e então sorriu, como se a enorme sujeira no teto e no chão não fosse problema DELA.

Eu fiquei com TANTO nojo!

"Brianna! Olha a SUJEIRA que você acabou de fazer. Seu sanduíche de sardinha está grudado ali como azulejo de teto. O QUE você pretende fazer em relação a isso AGORA?!"

A Brianna riu de nervoso. "Hum... eu pretendo comer uma tigela grande do meu cereal de espaguete de marshmallow com almôndegas de pipoca..." Ela deu de ombros.

Eu engasguei e fiquei enjoada DE NOVO!

Mas a bagunça MELEQUENTA que ela deixou na pia da cozinha era ainda MAIS NOJENTA que o sanduíche grudado no teto!...

BRIANNA DEIXA UMA PILHA DE CINQUENTA E TRÊS PRATOS SUJOS NA PIA DA COZINHA

"Desculpa, Brianna! Mas eu me recuso a gastar ainda mais tempo e energia limpando seus DESASTRES culinários", falei, irada.

Decidi tomar as rédeas da situação.

Quando a mamãe chegou do trabalho, eu a convenci a comprar um brinquedo que a Brianna está querendo HÁ UMA ETERNIDADE — o conjunto Pequena Chef de Cozinha Gourmet da Princesa de Pirlimpimpim.

Além de ser mais seguro e fácil para ela usá-lo, TAMBÉM a impediria de DESTRUIR a cozinha, PONDO FOGO na casa e ATIRANDO PROJÉTEIS da tostadeira.

Vou ficar SUPERocupada nas próximas semanas planejando minha grande festa de aniversário.

E a ÚLTIMA coisa de que preciso é ser distraída pela Brianna cozinhando uma coisa nojenta e com cheiro horrível que ela chama de COMIDA!

Assim que todo o drama com a Brianna terminou, decidi relaxar com a minha cachorrinha, a Margarida, e preparar a lista de convidados da festa.

Fiquei bem surpresa e feliz quando recebi uma ligação do meu crush, o Brandon!...

EU FELIZ PORQUE O BRANDON ME LIGOU ☺!

Ele me agradeceu mais uma vez por ajudá-lo com a campanha de arrecadação do Centro de Resgate de Animais Amigos Peludos. E estava muito feliz porque até agora tinha sido um sucesso ENORME.

E olha isso! Todo mundo ADOROU a arte de bichinhos de estimação que eu fiz para o site.

Então o Brandon teve a brilhante ideia de leiloar meus desenhos para conseguir ainda MAIS dinheiro!...

MEUS DESENHOS FOFINHOS DE BICHINHOS!

Aí, ele fez a pergunta que eu TEMIA...

"Nikki, não estou tentando pressionar você nem nada! Mas você já decidiu se vai naquela excursão da bolsa de estudos para Paris, ou sair em turnê com a banda, abrindo o show da Bad Boyz no verão? Precisamos começar a ensaiar com ou sem você para nos prepararmos."

Para ser sincera, eu não fazia a menor ideia do que ia fazer.

Só de pensar fiquei morrendo de dor de cabeça e com a palma das mãos suada.

"Você tem razão, Brandon. Precisamos muito começar os ensaios. Mas eu AINDA não tenho certeza do que planejo fazer no verão. Eu aviso assim que decidir."

"Certo, eu entendo. Olha, só para você ter uma coisa A MENOS com que se preocupar, os caras e eu podemos começar os ensaios amanhã e só cuidar da música pelas próximas semanas. Assim, você vai ter mais tempo para refletir sobre tudo", o Brandon respondeu.

"Que ÓTIMA ideia! Então os vocais e a coreografia podem ser acrescentados depois. Brandon, você SALVOU A MINHA VIDA!", eu disse.

"Sem problema!", ele comentou. "Parece que você vai ter um verão intenso. Se eu puder fazer alguma coisa para ajudar, me avise. Não importa qual seja a sua decisão, estou do seu lado!"

"Obrigada, Brandon! Na verdade, meu verão está prestes a ficar ainda MAIS MALUCO! Decidi fazer uma festa de aniversário este ano, e a Chloe e a Zoey estão me ajudando a planejar. Vai ser no sábado, dia 28 de junho! Você está mais do que convidado!"

"Nossa! Você também vai dar uma festa? E quando pretende DORMIR?", o Brandon brincou. "Obrigado pelo convite! Já estou ansioso!"

"Eu também!", ri.

Foi quando as coisas ficaram meio ESQUISITAS de repente. Não tínhamos nada mais a dizer, mas não queríamos desligar. Por fim, ele disse...

Depois que desligamos, enviei uma mensagem de texto para o Brandon...

> Obrigada mais uma vez pela ideia de dar início aos ensaios da banda! ☺

Então ele me enviou um joinha, notas musicais e um CORAÇÃO!

ÊÊÊÊÊÊÊÊÊ ☺!!

No entanto o coração pode simplesmente significar que ele ama MÚSICA e não... Humm, você sabe!

Eu sei que tenho muita sorte por tê-lo como amigo.

E, ainda que eu LARGASSE a turnê com a Bad Boyz para ficar em Paris com o meu novo amigo André, cujo pai mora lá, o Brandon disse que entenderia a minha decisão.

Porque QUEM recusaria uma viagem a PARIS, por duas semanas, com todas as despesas pagas?!

NINGUÉM!!

Então não tenho NADA com que me preocupar, CERTO?!

ERRADO!!

QUEM estou tentando enganar?!

Eu gosto MUITO, MUITO do Brandon.

DEMAIS!!

Então preciso tomar MUITO cuidado, caso contrário posso acabar DESTRUINDO a nossa amizade.

PARA SEMPRE!!

☹!!

SÁBADO, 7 DE JUNHO

LEMBRETE: Da próxima vez que minha mãe disser: "Nikki, vamos passar um tempo de MENINAS, só EU e VOCÊ", devo sugerir um filme.

Ou frozen yogurt. Ou sugerir que arranquem nossos pelos do nariz DE UM JEITO BEM DOLOROSO, um de cada vez.

Mas NÃO uma AULA DE IOGA entre mãe e filha ☹!!

Olha, não tenho nada contra ioga. Tenho certeza de que é uma prática ótima para algumas pessoas. Talvez até EU MESMA passe a gostar um dia.

Mas HOJE NÃO foi esse dia!

Minha mãe queria relaxar depois de uma semana muito estressante no trabalho e tinha um cupom para uma aula de ioga para duas pessoas em um novo estúdio na vizinhança.

Eu não tinha nada melhor para fazer. E, como quase NUNCA passo um tempo só com ela, concordei.

GRANDE ERRO ☹!!

Eu soube assim que entramos naquele lugar.

Todas as mulheres usavam roupas de ginástica descoladas que combinavam com seus tapetes de ioga. Elas só ficaram nos encarando e cochichando umas com as outras. Provavelmente porque minha mãe estava usando uma camiseta desbotada e rasgada e um shorts de ginástica surrado da sua época de faculdade.

Ficou bem óbvio que aquelas mulheres não queriam a gente ali na aula delas. Senti um baita nó na garganta quando me dei conta de que elas eram como as GDPs (garotas descoladas e populares) do colégio. Só que eram GDPs ADULTAS!

Os olhos da minha mãe ficaram meio vidrados conforme ela se remexeu ao som da música new age esquisita e inalou o cheiro do incenso de lavanda. Eu ignorei totalmente meu instinto de sair correndo dali GRITANDO.

Todo mundo na sala tinha seu próprio tapete de ioga, transportado em bolsas bacanas de ioga, mas nós pegamos dois em uma pilha que ficava no canto.

Sim! Tapetes SUJOS E CHEIOS DE GERMES cobertos de SUOR de outras pessoas, cheirando a meias sujas de academia recheadas com picles.

QUE MARAVILHA ☹!

Eu esperava que a instrutora fosse uma jovem esguia de vinte e poucos anos, mas estava REDONDAMENTE enganada. Ela era mais velha que a minha mãe, com um corpo SUPERatlético e os longos cabelos grisalhos presos em uma trança.

Minha mãe desenrolou animadamente seu tapete, bem ao lado da instrutora.

"Mãe!", meio que gritei sussurrando. "Como somos novas, acho que seria melhor ficarmos no fundo."

Mas o que eu queria dizer de verdade era: "Mãe! Será que a gente quer mesmo SE HUMILHAR ficando na frente e no centro para que TODO MUNDO ria da nossa cara?"

"Na verdade, Nikki, somos iniciantes, então, quanto mais próximas ficarmos da instrutora, melhor!", minha mãe falou bem empolgada, enquanto acenava para todo mundo.

MINHA MÃE, ESCOLHENDO UM LUGAR BEM RUIM!

"Sua mãe tem razão." A instrutora sorriu. "Faça o que conseguir e lembre-se sempre de respirar", completou calmamente.

Eu resmunguei e então transformei o resmungo em uma tossida.

RESPIRAR?! Ela pensou MESMO que eu me ESQUECERIA de respirar? QUEM faz uma coisa dessas?!!

Meus pensamentos foram rudemente interrompidos quando duas alunas entraram na sala.

"Oi, meninas!", nossa instrutora cumprimentou. "Por que não chegam mais perto das nossas novatas?" E orgulhosamente explicou para a minha mãe e para mim: "Elas são minhas alunas EXEMPLARES! Fiquem de olho nelas, e vocês aprenderão a técnica perfeita".

AI, MEU DEUS! Você nunca vai adivinhar quem era uma das alunas SUPERavançadas de ioga!

MACKENZIE HOLLISTER, ela mesma ☹!!

E, aparentemente, a mãe dela.

Elas chegaram rebolando com seu tapete de ioga, toalhas, garrafa de água e bolsa de academia. Eu tinha quase certeza de que a calça de ginástica da MacKenzie era mais cara que o CARRO da minha mãe. NÃO é mentira nenhuma.

A MacKenzie torceu o nariz para mim como se meu tapete de ioga fosse velho, sujo e fedido.

Tudo bem. Tudo isso era VERDADE.

Mas MESMO ASSIM!

A MacKenzie é uma grande FARSA! Ela me deu um sorriso falso e colocou o tapete perto do meu. Por algum motivo, fingiu ser boazinha — provavelmente porque sua guru estava observando.

"Certo, pessoal! Vamos nos aquecer!", a professora disse.

Eu mal tinha conseguido me abaixar quando a MacKenzie começou a colocar o corpo em posturas que NENHUM CORPO HUMANO seria capaz de fazer!

Detesto admitir, mas ela é INCRÍVEL!...

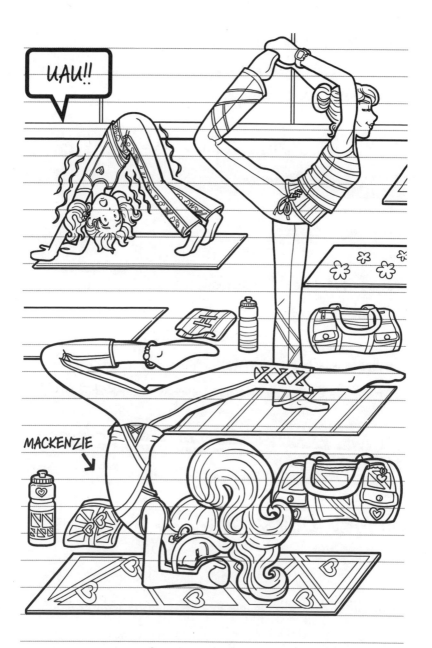

A MACKENZIE É EXCELENTE FAZENDO IOGA!

A mãe dela é muito boa também!

"Muito bem, MacKenzie!", a professora disse.

Mas, assim que a mulher virou de costas, a MacKenzie revirou os olhos para mim.

Quase caí no tapete.

Mas não por causa da MacKenzie. Senti uma baita CÃIBRA na perna!

Lembra que a professora falou sobre não se esquecer de respirar? Eu estava na sala havia apenas dez minutos quando...

EU ME ESQUECI TOTALMENTE DE RESPIRAR ☹!

AI, MEU DEUS! Você tem ideia de como é DIFÍCIL fazer ioga?!!

PRIMEIRO de tudo, aquele era um tipo de ioga com requintes de tortura, porque a sala era bem quente, como uma sauna. Em pouco tempo, comecei a suar LITROS.

Parecia PERIGOSO! Eu podia acabar escorregando em uma poça do meu PRÓPRIO suor e romper o baço.

EM SEGUNDO LUGAR, eu achava que ioga era ficar de pernas cruzadas, meditando em silêncio enquanto murmurava a palavra "OMMMM", como fazem na TV.

Eu sinto muito, mas NÃO é!

Portanto, não acredite nessas modinhas.

Eu estava gritando "AI! ISSO DÓI!" na minha mente enquanto tentava fazer todas as posturas esquisitas e desconfortáveis.

Em poucos minutos, estava sentindo tanta dor que pensei que ia MORRER!

Minha mãe também estava tendo dificuldades. Mas ela mantinha o olhar determinado e sério, como se NÃO fosse desistir.

Então eu também decidi NÃO desistir!

PRINCIPALMENTE na frente da MacKenzie!

ATÉ QUE...

Eu passei por um pequeno "constrangimento" durante a aula de ioga.

AI, MEU DEUS! Eu pensei que ia MORRER! Não de dor, mas de VERGONHA.

Não quero parar de escrever no meio da página, mas minha mãe me chamou para jantar.

Vou tentar terminar isto amanhã.

Só espero que NÃO seja resto de ontem no jantar. DE NOVO!

☹!

DOMINGO, 8 DE JUNHO

Certo! FINALMENTE posso terminar o relato de ontem...

Então eu estava naquela aula de ioga, praticamente morrendo de vergonha. POR QUÊ?!

Minha professora de ioga me deu um minuto para descansar na posição chamada "postura da criança".

É basicamente enrolar o corpo como uma bola e chorar baixinho no tapete de ioga, implorando para que a TORTURA termine!

SÓ QUE NÃO! Eu inventei essa parte de chorar no tapete.

De qualquer modo, essa foi a primeira postura em que me senti à vontade. Até relaxei! Mas você faz ideia do que acontece quando relaxamos nessa posição?!

A postura da criança deveria vir com um AVISO!

Sem querer, eu soltei um LONGO e BARULHENTO, humm... bem, acho que é melhor explicar desta maneira...

Meio que soou como um hipopótamo de duzentos quilos ARROTANDO...

Só que o meu barulho NÃO FOI um arroto, porque saiu pelo outro lado.

E, como se ISSO já não fosse ruim o bastante, aconteceu bem quando a sala toda estava em silêncio.

Eu SURTEI completamente! E minha mãe também...

EU, TENDO UM MOMENTO SUPERCONSTRANGEDOR NA AULA DE IOGA

AI, MEU DEUS! Nem mesmo a MacKenzie conseguiu manter a cara falsa de IOGUE ZEN depois disso. Ela parecia chocada, irritada e enjoada. Tudo ao mesmo tempo!

Eu me encolhi conforme meu rosto foi ficando vermelho...

EU, HUMILHADA, QUERENDO CAVAR UM BURACO BEM FUNDO, RASTEJAR LÁ PARA DENTRO E MORRER!

A professora me lançou um olhar solidário. "Tá tudo bem, querida", ela disse em voz alta. "Na verdade, é uma coisa boa. Soltar gases só indica que você está relaxando músculos importantes."

AI, MEU DEUS! Eu não aguentava mais aquilo! Murmurei uma desculpa qualquer a respeito de precisar usar o banheiro e corri para fora da sala.

"Parabéns!", a professora gritou quando saí. "Seu INTESTINO está feliz e saudável!"

A ÚLTIMA coisa que eu queria ou precisava era que a professora falasse sobre a condição do meu intestino! Principalmente na frente da MacKenzie Hollister!

Minha mãe saiu um minuto depois, com o rosto ainda vermelho e todo suado.

"Sinto muito, mãe", murmurei. "Pode terminar a aula, se quiser. Eu vou ficar esperando aqui fora."

Ela me deu um sorriso fraco e observamos a moça da recepção acender mais incensos.

Eu não pude deixar de pensar que aquilo era um jeito de se livrar do cheiro do meu... humm... da minha situação fedorenta!

"Acho que nós duas já fizemos ioga suficiente por hoje", minha mãe disse, apertando a minha mão. "Vamos embora!"

Saímos do estúdio escuro direto para a luz do sol, respirando ar fresco.

Minha mãe checou a hora no celular. "Ainda temos meia hora antes de ir buscar a Brianna no balé. Que tal um sorvete?"

A sorveteria ao lado do estúdio é sem dúvida um dos meus lugares favoritos. Nada de incenso nem de mulheres esnobes me julgando. E, o melhor de tudo, nada da MacKenzie Hollister.

Só cores fortes, música pop em volume bem alto e tantos tipos de cobertura que fico maluca só de olhar.

Mas ainda assim eu não conseguia me livrar da sensação TERRÍVEL do que tinha acabado de acontecer no estúdio de ioga.

Tipo, já teria sido RUIM o bastante em uma sala cheia de desconhecidos. Mas na frente da MACKENZIE?! Fiquei só pensando o monte de coisas horrorosas que ela ia postar nas redes sociais. Em pouco tempo, TODO MUNDO no colégio estaria FOFOCANDO a meu respeito e RINDO de mim!

AI, MEU DEUS! E se o meu CRUSH, o Brandon, vir isso ☹?!

Antes que eu me desse conta, lágrimas pesadas estavam rolando pelo meu rosto...

"Ah, querida!", minha mãe suspirou enquanto me puxava mais para perto para me dar um abraço de urso. "Acho que o momento pede um supersundae de chocolate com o dobro de cobertura."

Ela fez o pedido, e eu tentei parar de me sentir tão triste.

Só **ODEIO** quando a MacKenzie faz eu me sentir assim!

"Eu já contei que uma vez vomitei no meu par no baile de formatura?", minha mãe perguntou, claramente tentando mudar de assunto enquanto seguíamos para uma mesa.

"**MÃE!! NÃO ACREDITO!**", gritei.

Ela explicou que tinha comido camarão estragado em um restaurante chique antes do baile e depois vomitou em cima do seu par durante a primeira música lenta.

"Você chegou mesmo a VOMITAR em cima do seu par de FORMATURA?!", dei risada. "Você se mudou para outro colégio depois disso? Espera! Aposto que o seu par mudou de colégio. Eu teria mudado!"

Tenho que admitir: a história de horror DELA me deixou um pouco melhor em relação à MINHA.

"E aí, o cara voltou a falar com você?!"

Os olhos dela brilharam, e ela tentou esconder o sorriso.

"Desembucha, mãe! O cara NUNCA MAIS voltou a falar com você, né?"

"Na verdade, conversamos o tempo todo", ela disse com timidez.

"NÃO ACREDITO!", soltei. "SÉRIO?"

O telefone dela vibrou, e ela deu uma olhada na tela. "Na verdade, ELE acabou de me enviar uma mensagem!"

Eu não podia acreditar que minha mãe estava ficando CORADA!

Bom, AGORA eu estava morrendo de curiosidade.

Eu rapidamente me inclinei para a frente para dar uma olhada em seu celular e fiquei meio chocada ao ver...

A CARA DO MEU PAI!

"O PAPAI?! O cara da formatura era o PAPAI?!", gritei. "Por que você nunca me contou essa história?"

Minha mãe sorriu para mim.

"Claro, na época pareceu PÉSSIMO, Nikki. Mas agora é só mais uma coisa na vida que não aconteceu como planejado. O que é uma vomitadinha no nosso primeiro encontro se já passamos por dois partos, abrimos um negócio juntos e nos mudamos para outra cidade, tudo isso enquanto criamos duas filhas lindas? Olha, aquele desastre no baile de formatura não foi NADA quando se vive com um furacão de marias-chiquinhas viciado na Princesa de Pirlimpimpim como a..."

Minha mãe e eu trocamos olhares confidentes e gritamos...

"BRIANNA!"

Eu comecei a rir.

E minha mãe começou a rir também.

Em pouco tempo, nós duas estávamos CHORANDO de rir na frente do sundae de chocolate!...

MINHA MÃE E EU, CONVERSANDO SOBRE A VIDA ENQUANTO DIVIDIMOS UM SUNDAE!

O sorvete estava UMA DELÍCIA!

Tenho que admitir: foi divertido passar um tempo com a minha mãe hoje.

Ela é bem LEGAL!

Apesar de ser MÃE e de usar aquela roupa CAFONA da sua época de faculdade.

Eu poderia me acostumar a momentos ENTRE MENINAS bons como ESTE!

☺!

SEGUNDA-FEIRA, 9 DE JUNHO

Como era um dia perfeito de verão, a Chloe, a Zoey e eu decidimos nos encontrar no parque para continuar planejando a minha festa. Também levei a Margarida.

"Nikki, sua festa na piscina vai ser ÉPICA!", a Chloe exclamou.

"Vai ser TÃO épico que a galera AINDA vai estar falando disso no PRIMEIRO dia de aula!", a Zoey gritou.

"E, por causa da sua festa MUITO legal, todo mundo vai MORRER de vontade de NOS convidar para SUAS festas!", a Chloe explicou.

"Nikki e Chloe, vocês têm noção de que isso pode mudar a nossa vida?!", a Zoey comentou, animada. "Podemos nos tornar as alunas MAIS POPULARES do colégio!"

UAU! Toda essa história de festa estava fazendo com que eu me sentisse zonza. Ou talvez a coleira da Margarida estivesse cortando a circulação de sangue para o meu cérebro...

MINHAS MELHORES AMIGAS E EU, EMPOLGADAS PLANEJANDO MINHA FESTA ENQUANTO A MARGARIDA FAZ AMIZADE!

O fato de a minha festa de aniversário ter o potencial de impactar minha posição social no colégio no próximo ano letivo me deixou um pouco nervosa. E se alguma coisa desse errado?!

Mas as minhas melhores amigas me garantiram que tudo daria certo!

"Não se preocupe, Nikki!", a Chloe disse. "Como eu entendo TUDO de eventos, vou ser sua relações-públicas. Organizei três festas para o meu irmão, e todo mundo ainda está falando sobre a última."

"Eu sei, Chloe. Mas todo mundo AINDA está falando sobre isso por causa daquele probleminha que você teve com o seu jogo, lembra?", eu fiz com que ela recordasse.

A Chloe revirou os olhos para mim e cruzou os braços. "Olha, não foi MINHA culpa. Eu tive que chamar uma ambulância durante aquele jogo de Siga o Mestre porque meu irmãozinho enfiou um salgadinho grudento no nariz. E aí todas as outras crianças enfiaram salgadinhos grudentos no nariz, porque foi o que o mestre mandou. Nikki, eu poderia ter perdido as estribeiras e ENLOUQUECIDO! Mas não fiz isso. Eu fiquei calma e lidei com a situação!"

CHLOE, LIGANDO PARA A EMERGÊNCIA PARA FALAR DO SALGADINHO GRUDENTO!

Eu precisava admitir que a Chloe tinha razão. Eu não conseguiria lidar nem com UMA criança com um salgadinho grudento no nariz, muito menos com SEIS!

Eu teria perdido completamente a razão quando todas as ambulâncias chegassem com as sirenes ligadas.

A Chloe foi praticamente uma HEROÍNA! Quer dizer, mais ou menos.

"Nikki, não esqueça que eu já fui a algumas festas de debutante incríveis com o meu pai", a Zoey explicou. "Por isso sou ESPECIALISTA em festas. Serei sua diretora de atividades."

"Obrigada, Zoey! Mas a maioria dessas festas não foi SUPERcara?", perguntei.

"Isso é verdade", a Zoey admitiu. "Mas, em vez de chamar a Bad Boyz para tocar, a gente podia contratar um DJ. E, em vez do sushi bar e da parede de escalada, a gente pode servir frappuccinos e montar uma tirolesa. Isso reduziria drasticamente nosso orçamento, em cerca de 18%!", ela explicou enquanto fazia as contas na calculadora.

ESPERA! A Zoey acabou de dizer "TIROLESA"?! E se eu for ALÉRGICA a tirolesas?!...

AAAH!!

EU, TENDO UMA FORTE REAÇÃO ALÉRGICA A UMA TIROLESA!

"Humm... uma tirolesa não vai sair muito caro?", perguntei.

"Não se preocupe. Se estiver com pouco dinheiro, podemos reduzir em outras coisas do nosso orçamento", a Zoey respondeu.

"Olha, meninas, para ser sincera, eu nem TENHO um orçamento! Só se vocês considerarem os 8,73 dólares que tenho escondidos na minha gaveta de meias", murmurei...

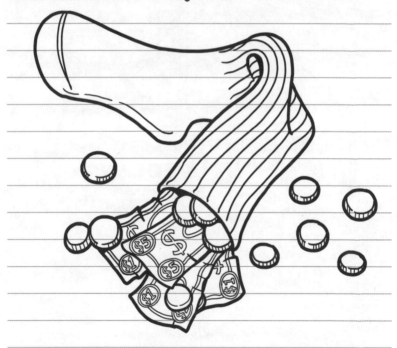

TODAS AS MINHAS ECONOMIAS: OS $ 8,73 QUE MANTENHO ESCONDIDOS NA GAVETA DE MEIAS!

Foi quando a Zoey meio que ficou me encarando e piscando bem depressa.

"AI, MEU DEUS! Nosso orçamento para a festa é de 8,73 dólares?!", ela murmurou. "Bom, tudo bem! Não vamos entrar em pânico! Podemos usar isso para comprar... frappuccinos, acho. Na verdade, isso compraria apenas o GELO dos frappuccinos. Talvez dois sacos de gelo. Mas já é um começo muito bom."

Ainda bem que a Zoey é especialista em festas de celebridades E guru das finanças!

Decidimos que o tema luau na ilha com uma piscina ENORME seria divertido e animado.

Mas, apesar do entusiasmo das minhas melhores amigas, de repente tive uma sensação MUITO ruim em relação à minha festa.

Como eu faria uma festa ÉPICA se só podia comprar uns pacotes de gelo?!

Seria uma verdadeira PIADA!

A menos que eu conseguisse a grana para comprar todas as coisas de festa de que eu precisava.

Eu poderia assumir a responsabilidade e conseguir um emprego para tentar ganhar o dinheiro. Mas isso poderia levar semanas, ou até meses.

Momentos de desespero pedem medidas desesperadas.

Então vou ter que convencer meus pais a pagarem por uma festa de aniversário mais chique, com o tema luau na ilha.

Infelizmente, ter uma filha da minha idade é MUITO caro.

Mas isso NÃO é problema meu.

Meus pais deveriam ter pensado nisso ANTES de eu nascer!!

☺!!

TERÇA-FEIRA, 10 DE JUNHO

ÓTIMAS NOTÍCIAS ☺!
A Chloe, a Zoey e eu finalmente decidimos todos os detalhes da minha festa de aniversário com o tema luau na ilha.

AI, MEU DEUS! Vai ser DEMAIS! Mas ainda temos uma pequena complicação: o CUSTO. Apesar de termos excluído a tirolesa e algumas outras coisinhas, é mais dinheiro do que eu tenho. E, a propósito, tenho apenas 8,73 dólares ☹!

As minhas melhores amigas me pediram para não me preocupar com esses detalhezinhos, considerando que os meus pais podem pagar.

Como precisamos de água para fazer uma festa na ilha (DÃ!!), a Zoey teve a ideia (já que é minha diretora de atividades) de fazer a festa na nova piscina comunitária. O preço do aluguel é 250 dólares, mas só pagamos três dias antes da festa.

Encontramos os convites PERFEITOS em uma loja descolada de cartões no shopping. A Zoey insistiu em me emprestar o dinheiro que guardou trabalhando como babá para que eu os comprasse.

AI, MEU DEUS! Eles são SUPERfofos!...

MEUS CONVITES PARA A FESTA DE ANIVERSÁRIO!

Eu ia convidar umas vinte pessoas. Mas a Chloe (como minha relações-públicas) sugeriu que eu convidasse os alunos da Academia Internacional Colinas de North Hampton e da South Ridge, além do pessoal do nosso colégio, o Westchester. Então acabamos com uma lista de cem convidados!

Nós nos divertimos DEMAIS na casa da Chloe, cuidando dos convites...

A CHLOE, A ZOEY E EU CUIDANDO DOS CONVITES PARA O MEU ANIVERSÁRIO!

Como a minha festa vai ser FABULOSA, a Chloe e a Zoey acharam que seria uma ótima ideia convidar algumas das GDPs.

Claro, eu não fiquei muito animada com isso, principalmente por causa daquele meu pesadelo.

Mas a Chloe e a Zoey deixaram claro que, se QUISÉSSEMOS ser convidadas para algumas das melhores festas do colégio, precisávamos convidar vários colegas de sala.

Também decidimos convidar a minha pior INIAMIGA!

SIM, A MACKENZIE HOLLISTER!

Mas nós não vamos convidá-la para ser simpáticas.

Temos certeza de que a MINHA festa vai ser melhor do que a DELA. E, assim que a MacKenzie se der conta disso, vai acabar louca de INVEJA e ter uma reação extremamente INTENSA e DOLOROSA na festa, na frente de TODO MUNDO!...

SIM! Temos certeza absoluta de que a CABEÇA da MacKenzie vai literalmente EXPLODIR de INVEJA!

E, quando isso acontecer, ela não vai conseguir dizer e fazer todas aquelas coisas malvadas que tornam a nossa vida tão HORROROSA!

UHUUU ☺!!

Tá, eu admito que estou exagerando, e a cabeça dela provavelmente NÃO vai explodir.

Mas aposto que a MacKenzie VAI sentir tanta raiva e inveja que seus OLHOS vão ficar ENORMES e SALTADOS, até ela ficar parecendo um SAPO de gloss e aplique de cabelo.

Ei, já vi isso acontecer com ela muitas vezes. Como da vez que ganhei o concurso de artes e quando fui ao Baile do Amor com o Brandon.

Enfim, nós decidimos que a Chloe vai ficar com os convites e os enviar pelo correio no dia 16 de junho.

Estou FINALMENTE começando a ficar SUPERempolgada com a festa, e agora estou contando os dias!

Vai ser DEMAIS!

Apesar de, no começo, eu ter ficado muito em dúvida em relação a fazer uma festa de aniversário de arromba, estou MUITO feliz por ter decidido ir em frente.

E realmente me sinto muito grata à Chloe e à Zoey por todo o incentivo e o trabalho árduo para planejar tudo.

Eu não teria conseguido sem elas.

Agora só precisamos encomendar o bolo de aniversário, providenciar a música e comprar as decorações para a festa.

Planejar uma festa de arromba para cem pessoas tem sido divertido, empolgante e MUITO mais fácil do que pensei que seria.

Assim que finalizarmos os últimos itens da nossa lista de afazeres, a festa vai estar PRONTA!

Com duas semanas de antecedência!
^ ^ ^ ^ ^
EEEEE ☺!

Eu estava SURTANDO sem motivo.

Somos SUPERorganizadas e estamos totalmente no controle.

Ei! O QUE poderia dar ERRADO?!

☺!!

NÃO ESQUECER: Pedir uma bicicleta nova de aniversário para os meus pais. A Brianna pegou a minha bicicleta sem permissão e a deixou na garagem, ATRÁS da van do meu pai. Ele passou por cima dela, e agora o quadro está torto e as rodas fazem um barulho estridente ☹! TAMBÉM quero outra irmã de presente de aniversário.

QUARTA-FEIRA, 11 DE JUNHO

Eu estava TÃO feliz e animada com a minha festa quando acordei de manhã. Só consigo pensar nisso.

Estou contando os dias em um calendário que colei atrás da porta do meu quarto.

Quando olhei meu celular, fiquei chocada ao ver que havia vinte e sete chamadas não atendidas, quarenta e nove e-mails novos e cinquenta e quatro mensagens de texto não lidas!

E era TUDO sobre...

MINHA FESTA DE ANIVERSÁRIO!!

Sabe-se lá como, a notícia se espalhou, e agora TODO MUNDO está falando sobre isso.

E não são apenas os alunos do colégio. O pessoal do Colinas de North Hampton e do South Ridge também está comentando.

Não faço ideia de como todo mundo descobriu sobre a minha festa, já que ainda não enviamos os convites.

Mas PROVAVELMENTE tem algo a ver com o fato de a minha relações-públicas, a Chloe, ter postado o convite nas redes sociais.

Ele já recebeu 357 curtidas!

E a minha diretora de atividades, a Zoey, postou uma foto do jardim florido e colorido da piscina comunitária, que até parece um refúgio de verdade em uma ilha tropical!

Já recebeu 310 curtidas!

AI, MEU DEUS!

Gente que eu nem conheço está IMPLORANDO por um convite para a MINHA festa!

Decidi fazer uma reunião de emergência com a Chloe e a Zoey para discutir a situação...

EU, CONVERSANDO COM A CHLOE E A ZOEY ONLINE SOBRE A MINHA FESTA DE ANIVERSÁRIO

Eu estava um pouco nervosa com toda a atenção que a minha festa está recebendo. Mas a Chloe e a Zoey insistiram que isso é muito bom, porque significa que as pessoas estão loucas para ir. A Chloe disse que, como é minha relações-públicas, eu posso encaminhar para ela todas as mensagens recebidas, e ela vai responder por mim.

Então minhas melhores amigas me perguntaram se eu queria aumentar a lista de convidados de cem para cento e cinquenta pessoas. Ou talvez até para duzentas!

Eu fiquei, tipo: "Obrigada, meninas! Mas ME DESCULPEM! Acho que nem ao menos CONHEÇO duzentas pessoas!!"

De qualquer modo, nossa conversa foi interrompida quando o Brandon fez uma chamada de vídeo para o meu celular.

ˆˆˆˆˆ
EEEEE ☺!

Minhas melhores amigas e eu concordamos em encerrar a conversa para que eu pudesse falar com o Brandon. A Chloe e a Zoey disseram que me chamariam no Skype outra vez em dez minutos, para que a gente pudesse terminar a conversa sobre a festa.

"Oi, Brandon!", falei, ajeitando os cabelos. Eu estava com medo de estarem arrepiados, como se eu tivesse acabado de enfiar o dedo na tomada.

Parece que TODO MUNDO tem perguntas a respeito da minha festa de aniversário.

Passei os cinco minutos seguintes contando tudo para ele, dizendo que o tema da festa vai ser luau na ilha, e vai acontecer na piscina comunitária, e também sobre todas as atividades divertidas que a Zoey planejou. Também contei que vamos enviar os convites no dia 16 de junho.

"Na verdade, eu vi tudo nas redes sociais." Ele sorriu. "Todo mundo está falando sobre isso. Parece que a sua festa vai ser divertida!"

"Então eu respondi todas as suas perguntas?", questionei.

Foi quando ele afastou a franja dos olhos de um jeito ansioso e meio que corou. "Bom, na verdade, eu queria te perguntar se você gostaria de..."

Mas o Brandon foi interrompido por alguém me chamando no Skype. Provavelmente eram a Chloe e a Zoey. Eu atendi, pretendendo pedir a elas que me ligassem de novo em cinco minutos. Mas fiquei CHOCADA quando vi...

"AH, NOSSA!", falei, surpresa. "Oi, André! Tudo bem?"

Ai, MEU DEUS! Fiquei ali, completamente CHOCADA! E um pouco... humm, SURTADA!

POR QUÊ?!

Porque eu estava falando com o BRANDON no celular e com o ANDRÉ no meu notebook.

EXATAMENTE AO MESMO TEMPO ☹!!

Eu MAL conseguia falar com CADA um deles SEPARADAMENTE, imagina com os dois JUNTOS!

Eu esperava que eles não conseguissem ver nem ouvir um ao outro. Assim eu desligaria NA CARA deles. E depois ligaria de novo para cada um, fingindo que a ligação tinha caído.

Achei que era um plano muito inteligente para sair de uma situação bem difícil. Mas, infelizmente, eles CONSEGUIRAM ver e ouvir um ao outro. QUE MARAVILHA ☹!!

E a conversa entre eles foi assim:

ANDRÉ: Brandon?! É você? Espero não estar interrompendo nada importante. Mas, considerando tudo, duvido muito que esteja.

BRANDON: Na verdade, André, como sempre, VOCÊ ESTÁ, SIM! Seria bem LEGAL se você pudesse ir interromper outra pessoa.

ANDRÉ: Sinto muito, Brandon. Vou ligar para a Nicole mais tarde. Sabe como é, depois que ela terminar de bancar a sua BABÁ, quando a sua mãe te colocar para tirar uma sonequinha!

BRANDON: CARA! O nome dela NÃO é Nicole, é NIKKI! E BABÁ?! Você precisa ir cuidar do seu bafo. Todo esse LIXO que você fala está começando a FEDER tanto que consigo sentir pelo TELEFONE!

ANDRÉ: Na verdade, Brandon, esse cheiro provavelmente vem da sua FRALDA!

EU: PAREM COM ISSO, MENINOS! Podem pelo menos FINGIR que NÃO são crianças MIMADAS de três anos e TENTAR se comportar?

BRANDON: Ei, foi ELE quem começou!

ANDRÉ: NÃO! ELE começou, e eu só terminei!

BRANDON: Não, eu não!

ANDRÉ: Sim, você sim!

BRANDON: NÃO, EU NÃO!

ANDRÉ: SIM, VOCÊ SIM! Sinto muito, Nicole! Eu só liguei para fazer uma pergunta importante sobre a sua festa. Está em todas as redes sociais.

BRANDON: O nome dela não é NICOLE! Por que você insiste em chamá-la assim?! Bom, NIKKI, antes de sermos interrompidos tão GROSSEIRAMENTE pelo sr. Hálito de Fralda, eu ia te fazer uma pergunta.

EU: Olha só, pessoal! Vocês DOIS estão convidados para a minha festa. Mas, depois de tudo isso, estou tendo sérias dúvidas. Posso acabar deixando os dois na CRECHE! Mas enfim... o que CADA UM queria me PERGUNTAR?

EU, TOTALMENTE CONFUSA QUANDO O BRANDON E O ANDRÉ FAZEM A MESMA PERGUNTA!

O QUE eu fiz?

Entrei em COLAPSO e SURTEI! E então comecei a MENTIR descaradamente...

"Ei, meninos! As ligações estão muito RUINS, não consigo ouvir uma única palavra do que vocês estão dizendo! SHHHHHHHHH! Vocês estão ouvindo? SHHHHHH! Preciso desligar porque SHHHHH!! Desculpa, mas acho que as ligações estão prestes a cair. SHHHHH! Eu ligo para vocês mais tarde. TCHAU! SHHHHH!"

CLIQUE! Desliguei o Brandon no celular.

CLIQUE! Desliguei o André no notebook.

Sim, eu sei! Fingir problemas na ligação e desligar na cara dos outros são atitudes desonestas, imaturas e ridículas!

Mas O QUE é que eu podia fazer se eles estavam brigando e me colocando numa situação como aquela?!

No entanto, para ser sincera, NENHUM deles MERECE ser meu par na minha festa de aniversário.

Por mais que eu goste do Brandon, simplesmente ODEIO o modo como ele e o André agem quando estão perto um do outro. Os dois são tão IMATUROS!

Na maior parte do tempo, sinto que sou a BABÁ deles! E OS DOIS merecem ganhar um GELO da minha parte!

Desculpa, mas tenho coisas muito mais importantes para fazer do que ficar separando BRIGA de dois MIMADINHOS.

De qualquer forma, é bem óbvio que todo mundo está SUPERanimado com a minha festa. Mas eu AINDA preciso convencer a minha mãe e o meu pai a arcarem com os custos.

Minhas melhores amigas vão me chamar no Skype a qualquer momento. Se realmente quisermos que essa festa aconteça, precisamos elaborar um orçamento que meus pais NÃO POSSAM recusar.

VAMOS TORCER!

☺!!

QUINTA-FEIRA, 12 DE JUNHO

AI, MEU DEUS! O PRAZO de inscrição para a viagem a Paris era até ontem à meia-noite! Não acredito que QUASE esqueci.

Fui para a cama perto das 21h30 ontem. Mas, exatamente às 23h55, acordei suando frio e de repente lembrei que ainda não tinha enviado o FORMULÁRIO com a autorização dos meus pais.

Eles assinaram o documento duas semanas atrás. E eu já tinha escaneado a folha e anexado o arquivo a um e-mail. Mas não cliquei no botão "enviar".

A parte MALUCA é que, ontem à noite, fiquei ali sentada olhando para a tela do computador, tipo, por uma ETERNIDADE!

Acho que eu AINDA não tinha certeza se queria passar o verão em Paris ou em turnê com a Bad Boyz.

Mas, exatamente às 23h59, FINALMENTE escolhi...

EU, TERMINANDO MEUS PLANOS DE VERÃO!!

Eu NÃO vou contar para as minhas amigas ainda. Quero dar a notícia com cuidado, para as duas ao mesmo tempo. Talvez enquanto estivermos comendo pizza ou cupcakes.

De qualquer modo, hoje eu tentei conversar com a minha mãe a respeito da minha festa de aniversário. Então lhe entreguei uma cópia bem detalhada e organizada do orçamento que minhas amigas e eu cuidadosamente preparamos.

"Oi, mãe, eis a lista de tudo o que preciso para a minha festa de aniversário. E são SÓ... quinhentos dólares."

Sorri com nervosismo...

EU, MOSTRANDO O ORÇAMENTO DA FESTA PARA A MINHA MÃE

Ela fechou o livro que estava lendo como se eu tivesse anunciado que fugiria de casa para trabalhar no circo e ainda tivesse pedido o cartão de crédito emprestado.

"Quinhentos dólares?! Está falando sério, Nikki?", ela reclamou. "Você PRECISA mesmo alugar uma PISCINA?"

"Calma! Antes de dizer não, pense bem!", falei. "É muito MENOS do que os alunos do colégio gastam nas festas deles. A MacKenzie faz a dela no country club!"

"Você NÃO é a MacKenzie!", a minha mãe exclamou. "A roupa dela de ioga provavelmente custou MAIS do que o meu CARRO! Acho que uma festa no quintal poderia ser divertida e BEM mais barata!"

Eu precisava concordar que a minha mãe tinha razão. Mas NÃO sobre a festa no quintal ser mais barata e divertida.

Eu JÁ tinha chegado à conclusão de que a roupa de ioga da MacKenzie provavelmente custava MAIS que o carro da minha mãe!

Mas ela não parecia entender que a minha festa era um evento MUITO importante! A Chloe e a Zoey disseram que a festa poderia nos tornar POPULARES ou FRACASSADAS no colégio no próximo ano letivo.

"Olha, Nikki, vamos fazer uma festa de aniversário menor este ano e guardar dinheiro para uma maior no ano que vem, tá?", minha mãe sugeriu. "Já separei uma verba para você. Não vai ser uma festa de luau cara na piscina, mas vai ser igualmente DIVERTIDA."

Então ela me deu um papel no qual tinha escrito à mão...

Festa de Aniversário da Nikki

Pizza	$45
Refrigerante	$5
Bolo	$20
Sorvete	$10
Artigos para festa	$10
Decoração	$10
Total	$100

Eu não podia acreditar que a minha PRÓPRIA mãe queria que eu gastasse SÓ cem dólares na minha festa!

A última festa de aniversário da Brianna tinha custado pelo menos trezentos dólares! Mas a maior parte dessa verba tinha sido usada para pagar pratos quebrados e outros prejuízos na Queijinho Derretido...

BRIANNA, FESTEJANDO PRA VALER!

Tentei explicar para a Brianna que o fato de ela ser a aniversariante não lhe dava o direito de subir na mesa e começar a cantar e dançar como se fosse a Taylor Swift ou alguém assim.

Mas ela não me ouviu.

Ainda bem que a Brianna não se machucou quando a mesa virou e ela caiu em cima do Queijo, o Rato, que estava servindo pizza na mesa ao lado da nossa. Ela acertou o rato com tanta força que o deixou sem ar e arrancou o nariz de plástico dele.

AI, MEU DEUS! Fiquei TÃO envergonhada!

De qualquer forma, minha mãe sugeriu que reavaliássemos com cuidado nossas propostas de orçamento para a festa e voltássemos a conversar amanhã.

Desculpa, mãe! Mas eu NÃO preciso reavaliar esse seu orçamento absurdamente baixo! Já sei que NUNCA vai dar certo!

☹!!

SEXTA-FEIRA, 13 DE JUNHO

Não teria como o orçamento de cem dólares da minha mãe para a festa dar certo. A Chloe, a Zoey e eu conseguíamos facilmente gastar essa quantia em UMA ÚNICA noite com pizza, ingressos para o cinema, pipoca, refrigerante e doces.

Eu estava esperando na porta da frente quando a minha mãe chegou em casa depois do trabalho.

"Mãe, não vou conseguir fazer uma festa luau na ilha com apenas cem dólares", resmunguei. "E a música? O DJ provavelmente custaria mais que isso!"

"Bom, o que você acha de termos música AO VIVO na festa em vez de um DJ?", minha mãe perguntou.

Eu não podia acreditar no que estava ouvindo!

"Você está falando sério?!", exclamei, animada. "Mãe, que demais! Tenho uma lista de três bandas que a Chloe e a Zoey sugeriram. Vou entrar em contato com elas para ver se estão disponíveis."

"Na verdade, eu estava pensando em pedir para a sra. Wallabanger", minha mãe disse.

"Você quer que a sra. Wallabanger entre em contato com as bandas?!", perguntei, meio confusa.

"Não, Nikki! Ela está fazendo aulas de sanfona e se ofereceu para tocar polca na sua festa DE GRAÇA!", minha mãe explicou. "E a melhor parte é que ela chamou algumas das senhoras da turma dela de dança do ventre para ajudar. Não é muita GENTILEZA da parte dela?"

"Mãe, você está MA-LU-CA?!", gritei. "Quero uma SUPERfesta na PISCINA! Não uma festa de dança do ventre folclórica IDIOTA para a TERCEIRA IDADE!"

Mas eu disse isso dentro da minha cabeça, então só eu mesma escutei.

Só de pensar na nossa vizinha idosa se apresentando com as amigas na MINHA festa, para todos os meus AMIGOS, me embrulhava o estômago...

A SRA. WALLABANGER SE APRESENTANDO NA MINHA FESTA COM AS DANÇARINAS DO VENTRE ☹!

AI, MEU DEUS! Fiquei TÃO chateada com a minha mãe que corri até o meu quarto e bati a porta.

Mas não tive privacidade nenhuma, porque em sessenta segundos a Brianna entrou sem nem bater.

Ela me deu um cartão com um bolo de aniversário muito mal desenhado...

O BOLO DA BRIANNA PARA
O MEU ANIVERSÁRIO?!

"Adivinha só, Nikki! Posso fazer um bolo de aniversário para a sua festa! Vai ter TODAS as suas comidas preferidas nele e vai custar SÓ duzentos dólares! Quer encomendar?"

SIM! Minha irmãzinha, que mal consegue encher uma tigela de cereal para si mesma, tinha se oferecido para fazer um BOLO DE ANIVERSÁRIO para a MINHA festa!

"Brianna, minhas comidas favoritas são pizza, sorvete, sushi, panqueca, sopa de mariscos e balinhas Skittles. COMO é que esse bolo seria?!", perguntei, espumando de raiva.

"Não sei." Ela deu de ombros. "Um bolo muito ESTRANHO, porém DELICIOSO?!"

Eu não gostei da PIADINHA!

Minha festa NÃO era motivo de gracinha!

"Brianna, você não pode simplesmente juntar um monte de comida diferente num bolo. Seu bolo de aniversário ESQUISITO poderia causar nos meus convidados um caso LEVE de INTOXICAÇÃO ALIMENTAR e um caso GRAVE de DIARREIA! O que devo fazer? Distribuir antiácidos e um vale-lavagem estomacal nas sacolinhas de lembranças do meu aniversário?", gritei para ela.

Mas a parte mais perturbadora era que minha própria irmã estava me cobrando o preço absurdo de duzentos dólares por um bolo NOJENTO que era uma mistura de pizza-sorvete-sushi-panqueca-sopa de marisco-Skittles!

Com apenas QUATRO velas em cima!

Que ABUSO!

Desculpa, mas as crianças de hoje em dia NÃO TÊM integridade!

Se bem que, para ser sincera, eu não ia querer o bolo da Brianna nem DE GRAÇA!

Ontem ela fez um cookie para mim.

Só que não tinha formato de cookie, era disforme como uma gororoba mole e estava meio queimado.

Na verdade, parecia algo que ela havia raspado do chão da jaula de um macaco no zoológico da cidade ☹.

AI, MEU DEUS! Só de estar no mesmo ambiente que o cookie eu fiquei enjoada...

O COOKIE NOJENTO DA BRIANNA

Agradeci pelo cookie só para ser simpática. Mas, assim que ela saiu da sala, eu o joguei no lixo.

Mais ou menos uma hora depois, fiquei surpresa ao saber que a Margarida tinha tirado algo de dentro da lata do lixo e mastigava toda feliz.

O COOKIE DA BRIANNA ☹!!

Tentei impedir a minha cachorrinha, mas era tarde demais! Ela já tinha comido cada migalha.

"NÃO! NÃO, MARGARIDA! CACHORRINHA MÁ!", eu dei uma bronca nela.

Foi quando a Brianna entrou correndo na cozinha para saber o que era aquela barulheira toda.

Depois que eu expliquei o que tinha acontecido, minha irmã pareceu bem decepcionada.

Então ela fungou com tristeza e murmurou: "Bom, pelo menos ALGUÉM gostou do cookie que eu fiz".

Sim, a Margarida adorou o cookie da Brianna. Mas a Margarida também adora comer lixo e beber água da privada.

Apesar de eu ter ficado com pena da minha irmãzinha, tenho que admitir que o lixo e aquele cookie têm muito em comum. Os dois são NOJENTOS e precisam ser ENTERRADOS em um LIXÃO para proteger as PESSOAS!

De qualquer modo, é POR ISSO que a Brianna fazer o MEU bolo de aniversário é uma ideia muito, mas muito RUIM.

Com a verba SUPERbaixa da minha mãe para a festa, a sanfona da sra. Wallabanger com suas dançarinas idosas de dança do ventre e o bolo nojento da Brianna, minha festa de aniversário seria...

UM COMPLETO DESASTRE!

COMO eu conseguiria fazer uma festa exótica na PISCINA com o tema luau na ilha no nosso quintal se não temos uma PISCINA?!! Acho que vou ter que me HUMILHAR e usar a piscininha INFLÁVEL da Princesa de Pirlimpimpim da Brianna na festa!...

EU, ME HUMILHANDO NA PISCINA DE PLÁSTICO DA PRINCESA DE PIRLIMPIMPIM DA BRIANNA!

OBRIGADA, MÃE!

A coisa que eu MAIS TEMIA desde o primeiro dia em que comecei a planejar essa festa acabou de acontecer.

Pensei que a pessoa que ia ACABAR com um dos dias MAIS FELIZES da minha vida seria minha INIMIGA!!

Mas a minha própria MÃE conseguiu, sozinha, transformar a minha festa de aniversário em um total

PESADELO!

☹!!

LEMBRETE: Os mãos de vaca dos meus pais também decidiram que seria muito caro comprar uma bicicleta nova para mim de presente de aniversário! Apesar de eu precisar muito de uma. Eles me mandaram escolher outra coisa, então vou pedir uma LATA DE FEIJÃO COZIDO!! NÃO estou mentindo ☹!

SÁBADO, 14 DE JUNHO

QUE MARAVILHA ☹!

Eu mal consegui dormir ontem à noite!

E agora estou praticamente SURTANDO!

POR QUÊ?!

Porque tenho problemas demais.

Primeiro: Preciso desesperadamente de quinhentos dólares para minha festa de aniversário de luau na ilha.

Segundo: A mulher que me deu à luz (sim, minha PRÓPRIA mãe!) SABOTOU minha festa e a transformou em uma festa folclórica com dança do ventre de verba QUASE nula para cidadãos idosos.

Terceiro: Preciso avisar a Chloe e a Zoey que estou repensando muito bem toda essa história de festa.

Quarto: Estou começando a me sentir meio culpada porque ainda não contei às minhas melhores amigas e ao Brandon que vou para Paris em vez de sair em turnê com a nossa banda, a Na Verdade, Ainda Não Sei, abrindo o show da Bad Boyz.

E se eles ficarem BRAVOS comigo?! Nossa amizade pode ser DESTRUÍDA!

Normalmente, eu lidaria com esses problemas como uma aluna IMATURA do ensino fundamental, dando um CHILIQUE e GRITANDO. Mas, agora que sou mais velha e madura, procuro me manter calma e tranquila.

Para começar, foquei no pensamento positivo e analisei minhas opções com cuidado.

Então, para encontrar a paz interior, fiz alguns exercícios de respiração profunda.

Finalmente, para desestressar, tomei um banho quente longo e relaxante.

E, depois de TUDO isso, eu...

... TIVE UM COLAPSO COMPLETO E GRITEI PRA CARAMBA!!

Gritar no chuveiro ajudou muito, e eu me senti esperançosa e mais no controle da minha própria vida.

Até ver a minha mãe no corredor e ela me atualizar sobre o que estava planejando para a minha festa...

EU, TOTALMENTE DESANIMADA COM A MINHA FESTA

Desculpa! Mas simplesmente NÃO DÁ!...

Eu não acreditava ser HUMANAMENTE possível que a minha festa ficasse ainda MAIS ESQUISITA do que já estava.

Mas, graças à minha mãe, acabou de FICAR!

Em vez de duas dançarinas do ventre idosas dançando ao som da sanfona da sra. Wallabanger, agora serão VINTE E QUATRO dançarinas?!!

AAAAAAAAAAHHH!!!

Essa sou eu GRITANDO de novo!

Minha festa de aniversário está oficialmente...

CANCELADA!

!

DOMINGO, 15 DE JUNHO

As minhas melhores amigas estavam muito ansiosas pela minha festa de aniversário.

Então eu sabia que elas ficariam totalmente decepcionadas por eu ter cancelado.

Deixei a seguinte mensagem para a Chloe e a Zoey no celular delas:

"Desculpem, mas tenho notícias bem ruins. Minha festa de aniversário está oficialmente CANCELADA! Eu adoraria passar meu aniversário comemorando com a minha família e os meus amigos, mas vou ficar trancada no quarto, sentada de pijama na cama, ENCARANDO a parede, DEPRIMIDA! Espero que vocês entendam."

Em vez de fazer uma festa de arromba, eu pretendia fazer uma bela FESTA DA TRISTEZA ☹!

Mas ei! Por que esperar até o dia da festa? Eu estava me sentindo TÃO PÉSSIMA que decidi começar a olhar para o NADA e FICAR TRISTE naquele exato momento...

EU, SOFRENDO NO MEU QUARTO POR TER CANCELADO A MINHA FESTA DE ANIVERSÁRIO ☹!

O que, estranhamente, sempre parece fazer com que eu me sinta muito melhor ☺.

Mas meu plano de curtir a fossa foi totalmente ARRUINADO quando a Chloe e a Zoey ligaram no meu celular.

"AI, MEU DEUS, Nikki! Acabamos de receber sua mensagem. Você está totalmente estressada com essa festa! RELAXA, por favor!", a Zoey disse.

"É, Nikki. A Zoey e eu já temos tudo ajeitado! Vamos planejar TUDO. Você só tem que aparecer. Então, por favor, pare de se preocupar", a Chloe acrescentou.

"Mas vocês não têm ideia de como as coisas estão confusas no momento!", choraminguei. "Minha mãe assumiu o controle e transformou tudo num completo DESASTRE!"

"Não entre em pânico! Tenho certeza de que a situação não é tão ruim quanto parece!", a Zoey exclamou.

"Valorizo muito o que vocês fizeram até aqui. Mas acho que essa festa é uma PÉSSIMA ideia!", murmurei.

"Por favor, escute, Nikki!", a Zoey disse. "Vista uma roupa bem confortável. Sabemos de uma atividade perfeita para você se livrar de toda essa energia NEGATIVA!"

"Sim, e, quando você terminar, vai se sentir calma, feliz e TOTALMENTE relaxada! Estaremos aí em dez minutos", a Chloe avisou.

"Vocês são as melhores amigas DO MUNDO!", falei.

Eu não fazia ideia do que elas estavam planejando, mas já estava começando a me sentir muito melhor. Eu esperava ansiosamente para...

Ficar trancada com elas no meu quarto comendo um potão de sorvete de cookies, até ter dor na barriga de tanto rir de todos os meus problemas.

Ou relaxar em um spa, com máscara de chocolate no rosto, fazendo os pés e as mãos enquanto comíamos morangos frescos.

Ou ir à CupCakery para ME ENTUPIR de DELICIOSOS cupcakes veludo vermelho com cobertura de cream cheese...

Mas eu estava ENGANADA! Para me ajudar a RELAXAR, minhas amigas me levaram para uma longa e intensa sessão de...

MINHAS MELHORES AMIGAS E EU,
TERMINANDO A NOSSA CORRIDA!

Olha, eu adoro as minhas melhores amigas, mas uma corrida para COLOCAR OS BOFES PRA FORA no parque NÃO era exatamente o que eu estava esperando.

Isso só piorou uma situação que já era RUIM.

Além de a minha festa ter sido cancelada, agora meu estômago estava ardendo, cada centímetro do meu corpo doendo, e eu me sentia zonza e prestes a vomitar!

"Nikki, SEMPRE estaremos do seu lado! Não importa o que aconteça!", a Zoey disse.

"E aí, quer contar o que está acontecendo?", a Chloe perguntou.

E então as duas me deram um abraço coletivo.

AI, MEU DEUS! Naquele momento, eu me senti tão frustrada e triste que quase caí no choro!

OPA! Acho que preciso parar de escrever e ir dar uma olhada no que a Brianna está fazendo. Pelo cheiro, parece que ela está cozinhando outra vez. Vou ter que terminar de escrever no diário mais tarde!

POR QUE é que eu não sou FILHA ÚNICA?!

☹!!

SEGUNDA-FEIRA, 16 DE JUNHO

Na última vez que escrevi no diário, a Chloe e a Zoey tinham me perguntado POR QUE eu queria cancelar a minha festa. Havia TANTOS motivos que eu nem sabia por onde começar.

"Bom, a minha mãe começou a planejar coisas, e todas as ideias dela eram PÉSSIMAS! Ela quer fazer a festa no quintal. Mas como é que vou fazer um luau na ilha sem água? Não vai ter a menor graça. Então eu simplesmente decidi cancelar. Eu sabia desde o começo que essa ideia de festa era bem idiota. ONDE é que eu estava com a cabeça?", resmunguei.

"NOSSA! Fique calma, Nikki", a Chloe disse, segurando meus ombros. "Não diga uma coisa dessas! Festas de aniversário são importantes! É o único dia no ano em que tudo gira ao NOSSO redor!"

"Ela está certa", a Zoey concordou. "Uma comemoração de aniversário é especial demais para ser simplesmente cancelada. Se trabalharmos juntas, tenho certeza de que vamos resolver todos os problemas. Então vamos ouvir os detalhes."

"Tá, tudo bem! Se vocês insistem....", funguei. "Primeiro, minha mãe reduziu a verba da festa para cem dólares!"

"CREDO! É uma verba SUPERpequena!" A Zoey franziu o cenho. "Quase não dá nem para a comida."

"E piora!", continuei. "A Brianna quer fazer o MEU bolo de aniversário. E estou com muito medo de a minha mãe deixar isso acontecer se ajudar a economizar!"

"Que fofa!", a Chloe falou.

"Acho BONITINHO a Brianna querer fazer o seu bolo de aniversário", a Zoey riu.

Olhei com cara feia para as duas. "NÃO se for um bolo de pizza, sorvete, sushi, panqueca, sopa de mariscos e Skittles, TUDO JUNTO! Porque é EXATAMENTE isso que ela pretende fazer."

"EEEEECA!", a Chloe e a Zoey reagiram.

Só de pensar naquilo já me senti enjoada...

A BRIANNA PREPARANDO MEU
BOLO DE ANIVERSÁRIO!

"Ai, MEU DEUS! Um bolo com todos esses ingredientes esquisitos seria adequado para consumo humano?!", a Zoey perguntou.

"O pronto-socorro servindo como local para a sua festa seria INSANO!" A Chloe parecia preocupada.

"Bom, a Brianna não é a MAIOR dor de cabeça nessa história!", falei. "Em vez de uma banda ou um DJ, minha mãe quer que a nossa vizinha, a sra. Wallabanger, toque e faça uma apresentação com suas colegas da aula de dança. Minha mãe adora essa ideia porque vai ser DE GRAÇA!"

"SÉRIO?", a Chloe perguntou. "Eu não sabia que a sra. Wallabanger tinha uma banda. O que ela toca? E as dançarinas dela são de hip-hop ou street dance?"

"O problema é exatamente esse!", resmunguei. "A sra. Wallabanger toca polca na sanfona!"

"POLCA?", a Chloe e a Zoey gritaram. "Na SANFONA?!"

"E ela tem vinte e quatro dançarinas do ventre, incluindo as melhores amigas, Mildred e Marge!"

"DANÇARINAS DO VENTRE?!", a Chloe e a Zoey arfaram.

"NOSSA!", a Zoey gritou. "Só UMA das coisas que você mencionou já acabaria com a festa NA HORA! Desculpa, Nikki, mas parece que a sua festa vai ser ASSASSINADA pelo menos QUATRO vezes!"

"Concordo totalmente! E receber tantas vovós dançarinas pode ser PERIGOSO!", a Chloe disse.

"Perigoso?! Como assim?", perguntei. "Tipo, uma delas cair e quebrar a bacia enquanto estiver dançando?"

"Não! Perigoso porque a sua festa pode acabar nas redes sociais como 'A PIOR FESTA DE ANIVERSÁRIO DE TODOS OS TEMPOS!'", a Zoey alertou.

"As pessoas postam e compartilham vídeos de festas BREGAS como piada", a Chloe disse com seriedade. "Você NUNCA conseguiria superar uma coisa assim! Socialmente falando, é o BEIJO DA MORTE!"

Claro que eu queria uma festa de aniversário.

Mas a ÚLTIMA coisa que eu queria era ser conhecida como a GAROTA PATÉTICA que fez A PIOR FESTA DE TODOS OS TEMPOS! Que HUMILHAÇÃO! ☹...

TODO MUNDO RINDO DE MIM E FOFOCANDO SOBRE A PORCARIA DA MINHA FESTA!

A Chloe e a Zoey ficaram me olhando em silêncio e depois olharam uma para a outra.

"Bom, só temos UMA COISA a fazer!", a Zoey murmurou enquanto tentava esboçar um sorriso.

"É. Parece que VOCÊ está pensando exatamente o que EU estou pensando!", a Chloe concordou.

Eu não sabia muito bem o que elas estavam pensando. Mas, com a ampla experiência e o conhecimento delas, eu tinha CERTEZA de que podiam salvar a minha festa.

Eu SEMPRE posso contar com as minhas melhores amigas ☺!

"Certo, Chloe e Zoey. Agora que vocês conhecem todos os meus problemas, o que acham que eu devo fazer?", perguntei com esperança.

Fiquei totalmente chocada com a resposta delas!

"CANCELAR A FESTA!",
as duas exclamaram.

"O QUÊ?!", perguntei. "TÊM CERTEZA?"

"Sua situação é DESESPERADORA!", a Zoey resmungou.

"Sua festa vai ser um DESASTRE!", a Chloe concordou.

O fato de ELAS estarem tão chateadas fez com que EU me sentisse ainda pior. As minhas MELHORES AMIGAS pareciam tão tristes que pensei que fossem chorar.

"Sentimos muito por isso, Nikki!", a Zoey fungou.

"Talvez possamos fazer uma festa para você no ano que vem", a Chloe disse.

"Venham aqui, abraço coletivo", falei com um sorriso amarelo. "Estou TÃO cansada dessa festa!"

Mas, enquanto deixávamos o parque, de repente senti uma onda de desespero e tentei afastar as lágrimas.

Quando comecei a estudar no WCD, eu era bem retraída socialmente, e NUNCA desejaria reviver aquele HORROR. Mas, de algum modo, o que deveria ser uma festa de aniversário divertida com os amigos estava se TRANSFORMANDO em uma competição superficial de popularidade e um evento fútil nas redes sociais.

Por que essa coisa de festa é tão COMPLICADA?!...

Isso é muito triste! Mas às vezes os adolescentes podem ser bem CRUÉIS!

☹!

TERÇA-FEIRA, 17 DE JUNHO

Agora que a minha festa foi cancelada, eu esperava me sentir feliz, aliviada e grata por ter escapado por pouco de um DESASTRE ÉPICO!

Mas, em vez disso, eu estava me sentindo pra baixo, decepcionada e deprimida.

A Chloe não ajudou muito quando ligou para perguntar o que eu queria que ela fizesse com os convites, agora que não ia mais ter festa.

Pensar em jogá-los fora depois de todo o nosso esforço me deixou ainda PIOR. Então, eu só suspirei fundo e murmurei: "Olha, Chloe, você pode QUEIMAR, RASGAR ou ENTERRAR no seu quintal! Não me importo nem um pouco! Estou de saco BEM cheio desse assunto!"

Ela ficou em silêncio por alguns segundos. E aí disse: "Hum... tá bom, Nikki. Mas o que acha de algo MENOS drástico? Tipo, talvez apenas JOGAR no LIXO!"

"Desculpa, Chloe, eu te devo um pedido de desculpas. Acho que ainda estou de mau humor porque a minha festa foi cancelada. Você pode jogar os convites fora. E obrigada!"

Então eu fiquei totalmente confusa quando recebi um telefonema desesperado dela naquela mesma tarde.

"Oi, Chloe!", atendi. "FINALMENTE estou me sentindo BEM melhor. E aí?"

"Hum.... a respeito dos convites....", ela respondeu com a voz estridente. "Uma coisa curiosa aconteceu na minha cozinha hoje! Fui jogá-los no lixo, como a gente combinou. Mas aí meu celular tocou. Então eu os coloquei em cima do balcão, bem ao lado da lata de lixo. Eu pretendia jogá-los logo depois de atender o telefone! SÉRIO!"

"E aí, O QUE aconteceu?", perguntei, impaciente.

"Bom, eu deixei os convites bem ali no balcão. Aí me afastei para atender o celular. Estava dentro da minha bolsa na sala!"...

A CHLOE, DEIXANDO OS CONVITES DA MINHA FESTA EM CIMA DO BALCÃO DA COZINHA!

Fizemos um longo silêncio. "E...?", perguntei. "Chloe, o que aconteceu depois?!"

"E... era a minha avó no telefone!", ela respondeu. "Conversamos por uma hora a respeito de cookies, da juíza Judy, dos meus planos para o verão..."

"NÃO!", eu a interrompi. "Quero saber o que aconteceu DEPOIS com os meus CONVITES!"

"Bom, quando eu voltei...", a Chloe disse, "eles... N-NÃO ESTAVAM MAIS ALI! SINTO MUITO, Nikki! Parece que eles desapareceram do nada!"...

OS CONVITES DA MINHA FESTA DESAPARECEM!!

"Deixei seus convites ao lado da nossa caixinha de correspondências, onde guardamos as contas. E as contas também sumiram. Agora não consigo encontrar as correspondências em lugar nenhum!", a Chloe exclamou.

"Espera um pouco! Você disse que TODAS as correspondências desapareceram do balcão da cozinha, até as da sua família que estavam na caixinha?!", perguntei.

"Sim! Tenho péssimas notícias, Nikki! Acho que um dos meus pais pode ter... sabe... sem querer..."

"POSTADO NO CORREIO CEM CONVITES PARA UMA FESTA DE ANIVERSÁRIO QUE ACABOU DE SER CANCELADA?!", gritei histericamente.

"Humm... alguma coisa assim! Sinto muito!", a Chloe gritou. "FOI MAL!"

"Você já olhou na sua caixa de correio?", perguntei.

"Que boa ideia!", a Chloe soou animada. "Talvez alguém tenha enfiado a correspondência na nossa caixa de correio. A boa notícia é que o carteiro só passa em meia hora. Nikki, provavelmente estamos aqui surtando por nada!"

"Espero que você esteja certa! Vou esperar enquanto você vai lá checar a caixa de correio!", falei.

A Chloe foi relatando seu passo a passo pelo telefone. "Tá, estou saindo pela porta da frente. Vou descer a calçada. Estou vendo a caixa de correio. Agora estou abrindo a caixa e...! E...!"

CHLOE, CONFERINDO A CAIXA DE CORREIO DA FAMÍLIA!

"E O QUÊ?! Meus convites estão aí dentro?! CHLOE! Você ainda está aí?! ALÔ?!..."

A Chloe finalmente terminou a frase: "E... nós podemos começar a SURTAR OUTRA VEZ! A caixa de correio está VAZIA! Seus convites DESAPARECERAM!!!"

"NÃAAAOOO!! Isso é um completo PESADELO!" Minha cabeça estava rodando. "Vou ligar para a Zoey, e nós vamos aí para a sua casa! Precisamos interceptar a correspondência e tentar recuperar os convites! Antes que seja tarde demais!"

A Chloe tentou telefonar para os pais dela. Mas o celular da mãe caiu direto na caixa postal. E o pai estava em uma reunião importante, por isso ela deixou uma mensagem detalhada com a secretária dele.

Depois que expliquei a situação para a Zoey, ela espertamente concluiu que um pacote grande com cem convites não teria entrado na caixa de correio da Chloe. Ela imagina que a mãe ou o pai da Chloe provavelmente postou a correspondência na caixa de correio oficial mais próxima da casa deles, que fica a cerca de quatro quarteirões. Então nós três combinamos de nos encontrar ali.

Quando eu cheguei, elas já estavam no local. A Chloe estava visivelmente chateada e prestes a ter um colapso...

EU, TENTANDO ESPIAR DENTRO DA CAIXA DE CORREIO PARA VER SE MEUS CONVITES ESTÃO ALI!

"AI, MINHA NOSSA!", resmunguei. "Está escuro demais para enxergar qualquer coisa. Alguma de vocês tem uma lanterna? Ou um PALITO DE FÓSFORO? Estou DESESPERADA!"

A Zoey ergueu uma sobrancelha para mim. "Nikki, eu sei que você está muito chateada e quer que tudo isso acabe, mas tenho certeza de que botar FOGO na caixa de correio é crime! Eu CONCORDEI em ajudar você a encontrar os convites, NÃO em passar cinco anos na CADEIA com você!"

"AI, MEU DEUS! NÓS VAMOS SER PRESAS!", a Chloe gritou histericamente. "É TUDO CULPA MINHA!!"

Franzi a testa. "Na verdade, eu não estava pensando exatamente em pôr fogo na caixa de correio. Mas, agora que você disse isso, um INCÊNDIO inocente daria fim a esses convites INCONVENIENTES!..." Pensei um pouco naquilo e suspirei frustrada. "Tá bom, esqueçam, a ideia é ruim!"

"Sinto MUUUUITO! É tudo MINHA culpa!", a Chloe resmungou. "EU NUNCA, JAMAIS vou me distrair ao telefone de novo! A não ser que a minha avó comece a falar sobre seus cookies SUPERDELICIOSOS de chocolate outra vez. Não resisto, pessoal. Sou realmente viciada em cookies! E, se formos parar na CADEIA, vai ser minha culpa também!! Sou uma PÉSSIMA amiga!!"

Tentamos consolar a Chloe da melhor maneira. Sei que ela tem boa intenção, mas, sempre que fica nervosa, acaba se tornando a RAINHA DO DRAMA.

Um homem passando pela calçada com seu cachorro parou e ficou olhando com cara de bobo.

"Não precisa se preocupar, senhor! Ninguém vai ser preso!", garanti a ele. "Minha amiga aqui só fica MUITO emotiva quando... humm... vê uma caixa de correio!"

Estávamos prestes a chutar a caixa de correio, perder a esperança de vez e ir para casa, mas aí ouvimos uma voz de mulher. "Com licença, vocês estão com algum problema? Talvez eu possa ajudar!"

Nós três nos viramos e nos SURPREENDEMOS! Não dava para acreditar no que estávamos vendo. Bem ali do nosso lado estava uma CARTEIRA!

E, como ela era funcionária dos Correios, eu tinha certeza de que PODIA nos ajudar ☺! Empolgadas, explicamos que os meus convites tinham sido acidentalmente postados DEPOIS de eu ter cancelado a minha festa de aniversário.

"Que situação PÉSSIMA!", ela disse, balançando a cabeça em solidariedade. "Eu atendo as residências da região. Então, infelizmente, NÃO pego as correspondências dessas caixas oficiais. Quem faz isso é o meu colega Joe..."

Decepcionadas, eu e as minhas melhores amigas choramingamos alto.

"MAS...", ela continuou e piscou para nós, "eu TENHO uma chave para as caixas. Não posso DE JEITO NENHUM mexer nas correspondências, mas estou vendo o desespero de vocês. E algo parecido aconteceu comigo quando eu tinha a sua idade! Então, meninas, por que não dão uma olhadinha rápida AQUI dentro?"

Nós gritamos animadas e prendemos a respiração quando ela se inclinou, enfiou a chave e abriu a parte dos fundos da caixa. CLIQUE! Eu espiei lentamente lá dentro e...

...QUASE DESMAIEI DE DESESPERO BEM EM CIMA DAQUELA CAIXA VAZIA!!

"Sinto muito, meninas. A caixa de correio está vazia!", a moça disse. "E SE os seus convites PASSARAM POR AQUI, o Joe provavelmente os colocou dentro do caminhão. Ele pega as correspondências duas vezes por dia. Talvez ele sinta pena de vocês e seja flexível como eu fui, se tomar conhecimento dessa história. Ele tem uma filha da idade de vocês!"

A Zoey leu o horário de retirada das correspondências, exposto na frente da caixa, e tocou o próprio queixo. "Aqui diz: 'Última retirada às 16h'. Onde está o Joe no momento?"

A mulher do correio olhou para o relógio. "Bem, ele geralmente almoça tarde no Burger Maluco, logo depois de pegar as correspondências. São 16h45 agora, então ele deve ficar lá por mais quinze minutos. Depois ele deixa as correspondências na agência central. Vocês não têm muito tempo, então deveriam ir agora!"

A Chloe, a Zoey e eu agradecemos à mulher pela ajuda.

"Espero muito que vocês encontrem os convites! Boa sorte, meninas!", ela disse, acenando.

Minhas amigas e eu corremos por três quarteirões até o Burger Maluco. Assim que chegamos, procuramos o caminhão do Joe desesperadamente pelo estacionamento. Até que...

...FINALMENTE VIMOS O CAMINHÃO!

"Ali está!", gritei, animada. Demos um abraço coletivo e nos cumprimentamos. Então nos viramos segundos depois e...

...O CAMINHÃO SAIU DO ESTACIONAMENTO, E NÓS CORREMOS ATRÁS DELE!

"PAAAAARE!! POR FAVOR, PAREEEE!", berramos.

Apesar de termos corrido atrás do caminhão pelo estacionamento todo, gritando como se nossos cabelos estivessem em chamas, aparentemente Joe não nos viu.

"O QUE vamos fazer AGORA?!", resmunguei.

"O que acha de pedirmos um cheeseburger triplo com batata frita gigante e uma limonada do Burger Maluco?", a Chloe respondeu. "Estou MORRENDO DE FOME!"

"Chloe, COMO é que você pode estar pensando em HAMBÚRGUER em um momento como ESTE?", a Zoey murmurou.

"Desculpa! Esqueça o hambúrguer!", a Chloe comentou. "Que tal pedirmos um sanduíche de FRANGO ou PEIXE?"

"Espera um pouco! A carteira não disse que o Joe voltava para a agência central? Fica a quatro quarteirões daqui. Talvez a gente ainda tenha uma chance!", eu disse enquanto começávamos a correr de novo.

O correio fecha às 17h, e eram 16h59 quando subimos na calçada da agência central. Eu não podia acreditar que tínhamos conseguido chegar!...

...COM SEGUNDOS DE ATRASO!
O CORREIO ESTAVA FECHADO!

Claro que eu tive um completo COLAPSO bem ali na frente da porta.

AAAAAAAAAHHH!
(Essa sou eu GRITANDO!!)

Não havia mais nada que pudéssemos fazer. Os convites tinham desaparecido! Eu me sentia TÃO impotente!

Nas próximas quarenta e oito horas, cem pessoas vão receber os convites para a minha festa de aniversário cancelada. E agora eu não tenho escolha além de ME HUMILHAR publicamente CANCELANDO o evento...

DE NOVO ☹!

AAAAAAAAAHHH!
(Essa sou eu GRITANDO pela segunda vez!!)

"Sinto MUITO, Nikki!", a Chloe se desculpou de novo.

"Você obviamente está muito chateada, Nikki. Precisamos te levar para casa agora!", a Zoey disse gentilmente.

"Para que ela possa se acalmar e descansar um pouco?", a Chloe perguntou.

"Não! Antes que ela GRITE de novo e nos faça ser PRESAS por perturbação do sossego!", a Zoey respondeu. "Aquela câmera de segurança está nos observando!"

De repente, a Chloe parou e olhou chocada para o celular. "Minha mãe finalmente deve ter recebido a minha mensagem, porque acabou de me escrever."

"Não importa agora! É tarde demais!", resmunguei.

A Chloe leu o texto em voz alta. Dizia:

> Oi, querida! Não se preocupe com os convites da festa. Eles NÃO foram perdidos. Seu pai os deixou no correio no prédio do trabalho dele. Te amo!

Claro que era uma ótima notícia ☺! Nós corremos animadas por dois quarteirões até o prédio onde o sr. Garcia trabalha.

Infelizmente, a sala de correspondências do prédio também tinha fechado às 17h. QUE MARAVILHA ☹!

Eu estava TÃO exausta! Só queria desistir e ir para casa! Mas a Chloe insistiu em nos mostrar um truque que ela tinha descoberto na infância...

CHLOE, NOS MOSTRANDO UM TRUQUE?!

Eu tinha que admitir: entrar na sala de correspondências pela abertura dos pacotes foi uma ideia BRILHANTE ☺!...

MINHAS MELHORES AMIGAS E EU, ENTRANDO NA SALA DE CORRESPONDÊNCIAS!

"Rápido! Vistam um desses coletes laranja!", a Chloe sussurrou meio que gritando. "Assim podemos tentar nos misturar!"

Cada uma de nós vestiu um colete e ficamos olhando para o lugar BEM SURPRESAS, boquiabertas!

A Chloe explicou que aquela era a sala de correspondências para cinquenta empresas que tinham escritórios localizados no prédio de dez andares, incluindo a do pai dela.

AI, MEU DEUS! Devia haver milhares de correspondências naquela sala. Como é que a gente ia encontrar os convites da festa?!

Felizmente, a maioria dos funcionários da sala já tinha ido embora.

Conseguimos evitar totalmente as pessoas que ainda estavam ali NOS ESCONDENDO atrás de grandes pilhas de caixas, MERGULHANDO em carrinhos cheios de pacotes e nos ENFIANDO entre prateleiras cheias de cartas.

Estávamos vasculhando o local fazia quase uma hora quando...

CHLOE, ENCONTRANDO OS CONVITES!

Ai, MEU DEUS! Ficamos TÃO felizes e aliviadas por aquele sofrimento TERRÍVEL finalmente ter acabado que quase caímos no CHORO!!

Pegamos os convites e seguimos direto para a porta de saída, correndo o mais rápido possível!...

MINHAS MELHORES AMIGAS E EU, CORRENDO EM DIREÇÃO À PORTA!

"Não acredito que conseguimos encontrar os convites da festa", ofeguei.

"Foi preciso trabalho em equipe e inteligência para conseguir!", a Zoey disse. "Nós fomos EXCELENTES!"

"Teria sido um DESASTRE se tivessem sido enviados!", a Chloe acrescentou. "Tipo, QUEM comete um erro idiota como esse?! NÓS, NÃO!"

"Só pessoas totalmente TAPADAS!", nós rimos.

Infelizmente, estávamos tão ocupadas correndo, conversando e rindo que não vimos um funcionário da sala de correspondências. No último segundo, tentamos parar!

Mas a Chloe, sem querer, trombou com a Zoey.

A Zoey, sem querer, bateu em mim.

E eu, sem querer, bati no funcionário.

E então nós QUATRO, sem querer, batemos no...

CARRINHO DE CORRESPONDÊNCIAS!...

MINHAS MELHORES AMIGAS E EU, ENTRANDO EM APUROS AO TENTAR SAIR DO PRÉDIO!

FOI SURREAL!

Todo mundo ficou esparramado no chão enquanto cartas comerciais, cartões-postais e convites pareciam chover do teto.

"AI, MEU DEUS! O-O QUE ACABOU DE ACONTECER?", a Zoey perguntou enquanto lutava para ficar de pé.

Ela se abaixou e levantou a Chloe, que estava meio desorientada. Então a Zoey segurou meu braço e me ajudou a ficar de pé com as minhas pernas trêmulas.

"Acho que sem querer trombamos com o funcionário da sala de correspondências!", murmurei.

"QUAL funcionário da sala de correspondências?!", a Zoey perguntou.

"AQUELE!", a Chloe apontou para o pobre rapaz.

Nós arfamos! Ele estava deitado, soterrado por um monte de cartas E pelo carrinho do correio...

FINALMENTE NOTAMOS A PRESENÇA DO CARA DA SALA DE CORRESPONDÊNCIAS!

Foi quando nós três começamos a entrar em pânico.

"AI, MEU DEUS! ACABAMOS DE MATAR O FUNCIONÁRIO DA SALA DE CORRESPONDÊNCIAS!!", a Chloe gritou. "Agora, além de ladras, somos ASSASSINAS!"

"Pessoal! Isso é muito RUIM! Parece que já vi algo exatamente assim antes!", falei.

"Em uma daquelas séries policiais tipo CSI?!", a Zoey perguntou.

"NÃO! Em O mágico de Oz!", respondi. "Parece que um tornado atingiu a sala de correspondências e jogou uma CASA em cima desse coitado! Como aconteceu com aquela BRUXA!"

"Só que NÓS somos o tornado!", a Zoey comentou. "O que devemos fazer agora?"

"Humm... roubar os sapatos dele e DESEJAR ir para casa, como a Dorothy fez?" A Chloe deu de ombros.

Ainda bem que o cara da sala de correspondências não estava MORTO. Como eu soube?

Porque ele mexeu a perna e resmungou: "Ei! Quem apagou as luzes?"

Eu meio que senti pena do homem.

Em um minuto, ele estava assobiando as músicas mais tocadas na rádio enquanto trabalhava e, no minuto seguinte, tinha sido nocauteado por meninas psicóticas obcecadas por uma festa de aniversário.

Levantamos o carrinho de cima dele e logo saímos da sala.

Mas, antes disso, demos mais uma olhada pelas janelinhas para checar se havia alguma chance de pegarmos os convites de novo.

Porém eles estavam soltos, espalhados e totalmente misturados com as correspondências do carrinho. Nossa situação não tinha mais JEITO!...

A CHLOE, A ZOEY E EU PROCURANDO OS MEUS CONVITES!

Apesar de todos os nossos bravos esforços, meus convites foram enviados.

AAAAAAAAHHH!

(Essa sou eu GRITANDO de novo!)

Graças à Chloe, minha festa de aniversário tinha sido ACIDENTALMENTE marcada de novo ☹!

Eu não via como as coisas poderiam piorar!

E, no caminho para casa, a Chloe, a Zoey e eu começamos a discutir feio para decidir QUEM ia contar para os nossos cem amigos mais próximos a má notícia de que a festa NÃO aconteceria.

Desculpa, mas isso me pareceu responsabilidade da minha relações-públicas (Chloe) e da minha diretora de atividades (Zoey).

NÃO da aniversariante (EU)!

Só havia uma coisa pior do que ter de CANCELAR minha festa de aniversário devido a problemas financeiros!

E era ter de CANCELAR DUAS VEZES porque meus convites foram ACIDENTALMENTE enviados!

☹!!

LEMBRETE: Em vez de me humilhar totalmente e cancelar a festa, eu deveria vasculhar o sótão em busca da FANTASIA DE PALHAÇO que o meu pai usou na minha festa de aniversário quando eu era pequena.

Apesar de o traseiro provavelmente estar queimado, ainda daria para vestir a fantasia, FUGIR DE CASA e me juntar ao CIRCO!

Tenho muita qualificação para um emprego de PALHAÇA, porque a minha VIDA é MOTIVO DE RISO e tudo o que eu faço é uma PIADA COMPLETA ☹!!

QUARTA-FEIRA, 18 DE JUNHO

Tudo bem, este provavelmente vai ser o registro mais LONGO deste diário!

Muita coisa aconteceu hoje, e quero incluir todos os detalhes.

Mas é quase certo que eu sinta cãibra na mão se tentar escrever tudo de uma vez.

Hoje pela manhã acordei e senti o aroma delicioso de algo sendo assado.

Pareciam ser os deliciosos rolinhos amanteigados de canela com cobertura que a minha mãe faz.

Só que... três vezes MELHOR!!

Como eu estava morrendo de fome, pulei logo da cama, me vesti e desci voando para a cozinha.

Mas me detive quando avistei uma placa no corredor com uns rabiscos de giz de cera. Estava escrito...

QUE MARAVILHA ☹! Acho que NÃO vou comer nenhum rolinho de canela fresquinho, quentinho e delicioso.

Infelizmente, onde quer que a srta. Bri-Bri apareça, SÓ sinto gosto de tristeza, terror e destruição ☹!

Por mais que eu detestasse isso, não tinha opção a não ser assumir o controle da situação e confrontá-la. ANTES que a POLÍCIA fosse chamada!

Como meu pai teve que repintar todo o teto da cozinha na semana passada por causa dos estragos causados pelo sanduíche de sardinha da Brianna, fizemos um esforço a mais para que ela SEMPRE seja supervisionada em seus projetos culinários.

Ela também não pode mexer nos eletrodomésticos e em outros itens potencialmente perigosos na cozinha, incluindo as colheres.

Você ficaria CHOCADO se soubesse quanta destruição a pirralha da minha irmã mais nova consegue fazer com uma única colher.

Já falei UM MILHÃO de vezes para a Brianna nunca colocar nada de metal dentro do micro-ondas!

Mas ela me ouve?

Consertar o buraco queimado na parede e trocar o micro-ondas custou uma FORTUNA para os meus pais.

Estava bem óbvio para mim que aquela espertinha candidata a chef estava tentando FERVER O CALDEIRÃO enquanto ainda estávamos dormindo.

A Brianna havia decorado a cozinha com desenhos de cookies e cupcakes e montado num canto a mesa e as cadeiras infantis da Hora do Chá da Princesa de Pirlimpimpim.

Ela também tinha colocado ali a mesa e as cadeiras das suas bonecas, para aumentar o número de assentos.

As bonecas e os bichinhos de pelúcia estavam em ambas as mesas, sobre as quais estavam dispostas as peças caras de porcelana da minha mãe e flores frescas colhidas no quintal.

Fiquei muito impressionada. O café de mentirinha dela era quase uma versão em miniatura da CupCakery.

A Brianna — ou melhor, a srta. Bri-Bri — usava um avental rosa bem fofo, com babados e laços, e mantinha a cara fechada, como a daquele chef britânico malvado da TV que ADORA gritar com todo mundo.

Mas, assim que me viu, ela logo se tornou a "recepcionista feliz" e abriu um sorriso plastificado...

"Bem-vinda à Padaria Francesa e Café da srta. Bri-Bri", ela disse, "lar da srta. Bri-Bri, chef famosa *dazestrela*!"

"Brianna! O QUE você está fazendo?", falei, com as mãos na cintura. "Você sabe que não pode cozinhar aqui SOZINHA. Principalmente depois de ter estragado o segundo micro-ondas e de ter feito o seu sanduíche de sardinha grudar no teto!"

"Não conheço eza tal de Brianna de quem vozê fala, kirida", disse ela, toda fresquinha. "E QUEM é vozê? Fez rezerva?"

"Não preciso de reserva!", rebati. "Eu moro aqui e sou sua irmã! DÃÃ!"

"Acredito que ezteja confusa, srta. Dãã. Sou filha única, e VOZÊ é uma ESQUISITA desconhecida! Temos uma política muito rígida de não aceitar desconhecidos esquisitos aqui no meu café. Não posso permitir que vozê fique azustando ozcliente. Mas vou checar a lista de rezerva para vozê, srta. Dãã."

A srta. Bri-Bri deu uma olhada no bloquinho.

"Estou vendo a Barbie, o Ken, a Princesa de Pirlimpimpim, Doc McStuffins, Brilha-Brilha, Princesa Shuri e a boneca Polly. Mas nenhuma srta. Dãã", disse ela. "Zinto muito, kirida, mas ezte café eztá totalmente lotado hoje. Então devo pedir que saia. Não viu a placa? Eztá ezcrito 'SOMENTE COM REZERVA!'"

Ela apontou para um dos cartazes presos na parede atrás de mim...

"É mesmo?! Em qual IDIOMA?! Não consigo ler sua caligrafia cheia de GARRANCHOS!", reclamei. "E você não sabe escrever!"

"Bem, excuse moi! A srta. Bri-Bri é uma chef dazestrela, NÃO uma campeã de soletrar", ela disse. "E regras zão regras. Se quiser, posso colocar zeu nome na lista de espera.

Pode zer que vague uma mesa em cerca de..." A srta. Bri-Bri estreitou os olhos e tocou o queixo, pensativa.

"E aí? Quanto tempo?", perguntei, meio irritada. "Dez minutos? Vinte minutos?"

"Não! Mais tempo do que isso. Não eztá vendo que eztamos MUITO, MUITO cheios?", ela exclamou.

"Tá, então UMA hora?!", perguntei, sem a menor paciência.

Ela suspirou fundo e revirou os olhos para mim.

Depois escreveu rapidamente alguma coisa no bloquinho, rasgou a folha e me entregou. "AQUI eztá a sua rezerva! Sua mesa estará pronta no horário. Até lá, ADEUS, srta. Dãã!" E deu uma risadinha.

Que serviço RUIM! Demorou, tipo, UMA ETERNIDADE só para conseguir uma reserva!

E o café nem estava tão cheio assim.

Mas, quando eu me dei conta de QUANTO TEMPO teria que esperar por uma mesa, fiquei morrendo de RAIVA!...

"O quê? Está de brincadeira?!", resmunguei.

"Não está vendo o termo de rezerva?? Está ezcrito que terei uma mesa para vozê daqui a TRÊS MESES! Volte depois desse tempo, tá bem? Agora, ADEUS!", disse a srta. Bri-Bri, me expulsando da minha PRÓPRIA cozinha como se eu fosse uma MOSCA irritante ou alguma coisa assim.

DE JEITO NENHUM vou deixar uma GORJETA para ela!

Bom, minha mão está começando a doer. E preciso comer alguma coisa. Vou tentar terminar esta história amanhã. ☺!!

QUINTA-FEIRA, 19 DE JUNHO

Quando saí, a srta. Bri-Bri havia acabado de me informar que eu deveria esperar ridículos TRÊS MESES para uma mesa no café dela.

Obviamente, essa notícia me deixou muito chateada.

"**TRÊS MESES?!**", gritei. "Que tipo de café porcaria é este?! NÃO ACREDITO! Vou ficar aqui para te observar!", gritei. "Não me faça acordar a MAMÃE E O PAPAI!"

"Acalme-se, POR FAVOR! Não precisa envolver os DOIS, kirida! Vou ver o que posso fazer!", a srta. Bri-Bri disse com nervosismo.

Ela virou a folha do bloquinho de novo e olhou para os clientes sentados às mesas.

"Ah! Você está com sorte, srta. Dãã! Uma reserva acaba de ser cancelada! Por favor, me acompanhe até a sua mesa!"

Eu a encarei. Não dava para confiar naquela senhorita.

A srta. Bri-Bri tirou a boneca da cadeira e, sem nenhum cuidado, a lançou sobre o ombro...

DE REPENTE, UMA MESA SE TORNA DISPONÍVEL!

Ahh, tá bom! COMO é que eu vou me sentar numa cadeirinha minúscula?!

"Obrigada, mas prefiro sentar no chão!", falei.

"Fique à vontade, *kirida*!", ela respondeu, obviamente irritada. "Aqui está seu aperitivo delicioso. *Bon appétit!*"

A srta. Bri-Bri jogou um prato de torrada borrachuda e queimada no meu colo. AQUILO NÃO ERA um aperitivo!

Se eu tirasse a casca, teria ficado uma SOLA DE SAPATO perfeita!

"Gostaria de ouvir as especialidades do dia? A chef (eu!) preparou um sanduíche de pasta de amendoim com geleia, feito com a melhor pasta de amendoim do mundo, cheia de pedaços, importada de um lugar distante chamado... humm... mercado. Também acrescentei casca de amendoim amassada para deixar mais crocante!"

Senti ânsia de vômito. "Não, obrigada. Tem alguma coisa no seu cardápio que seja comestível?"

"Recomendo muitíssimo os famosos cupcakes da srta. Bri-Bri. São deliciosos, *kirida*! Mas preciso de pelo menos uma hora para fazer um para você. Meu forno assa pequenas quantidades por vez, porque tem uma fornalha muito pequenininha. E, no momento, uma delícia muito especial está sendo assada."

"O que é?", perguntei. "É o que estou pensando, pelo cheiro?"

"Apenas coma a sua torrada queimada... quer dizer, seu aperitivo, *kirida*! Depois você precisa ir embora, porque tenho convidados VIPs chegando em breve. Agora, me dê licença para terminar meus docinhos."

Observei assustada enquanto a srta. Bri-Bri corria de um balcão a outro, abrindo massa, cortando, colocando tudo no forno e preparando o glacê.

Ela parecia mesmo uma chef francesa de verdade.

O mais incrível era que ela fazia TUDO isso usando o forno da Princesa de Pirlimpimpim que convenci minha mãe a comprar para ela...

O FORNINHO DE CHEF NOVO EM FOLHA DA BRIANNA

Claro, agora que a Brianna... humm, quer dizer, a srta. Bri-Bri acha que é uma chef mirim e conhecedora da culinária, provavelmente surgirão novos problemas.

Sou muito a favor de pais modernos que incentivam seus filhos a seguir os próprios sonhos.

Mas vamos cair na real!!

Nunca, nem por um minuto, pensei que ela seria capaz de cozinhar alguma coisa usando duas pilhas pequenas e uma lâmpada de 100 watts.

O assistente preguiçoso dela, o Hans, estava acomodado em uma mesa flertando com a Brilha-Brilha.

"Levante esse traseiro preguiçoso, Hans! A mesa 1 precisa de água, e a mesa 2 ainda está esperando o aperitivo! Será que a srta. Bri-Bri tem que fazer tudo sozinha?!", ela repreendeu seu assistente, o ursinho de pelúcia.

Mas Hans apenas a encarou sem expressão, como se tivesse algodão no lugar do cérebro.

"Eu juro que às vezes falar com você é como falar com um bicho de pelúcia!", ela continuou.

"Brianna, O QUE você está assando? Detesto admitir, mas está com um cheiro delicioso!", falei.

Fui até o forno para espiar. Quando encostei na porta do forno, ela pegou uma colher de madeira e bateu com ela na minha mão.

PAF!

"AI! Isso doeu!", resmunguei, esfregando a mão.

"Nada de ESPIAR, kirida!"

Tanto faz! Eu simplesmente não conseguia superar o fato de que o que ela estava preparando tinha um cheiro TÃO bom que fez minha boca salivar.

E, como eu ainda não tinha tomado café da manhã e não dava para comer o aperitivo sola de sapato, estava praticamente MORRENDO DE FOME!

Em pouco tempo, o timer do forno fez um
DING!

Agora coberta da cabeça aos pés de farinha e glacê, a srta. Bri-Bri pegou uma luva de forno rosa e puxou uma travessa dos mais belos COOKIES. Eles tinham o formato do laço do chapéu dela...

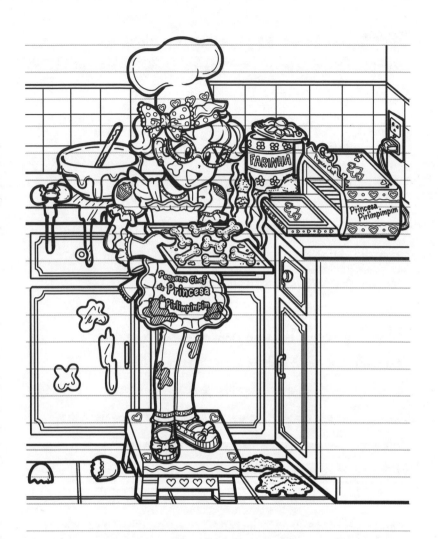

A SRTA. BRI-BRI PREPARANDO COOKIES

Então ela os colocou sobre o balcão da cozinha para esfriar.

"Pode babar, *kirida*! Esses cookies são minha receita secreta, feitos com ozingredientes da mais alta qualidade do mundo!" Ela sorriu.

"Posso experimentar um? POR FAVOR?", implorei.

"NÃO! Sinto muito, *kirida*! Esses cookies NÃO zão pra vozê! São para os meus convidados VIPs especiais. Mas hoje é seu dia de sorte, zerto? A srta. Bri-Bri vai deixar você ser a provadora oficial dela."

"EBA!!", gritei e fiz uma dancinha, como se tivesse acertado um gol ou alguma coisa assim.

Ela me deu um cookie dourado com glacê cor-de-rosa brilhante. Eu mal podia esperar para provar!

OOPS! Meu celular está tocando! Provavelmente são as minhas melhores amigas ligando para discutir como vamos avisar a todo mundo que a festa foi cancelada. Preciso ir! Continuo mais tarde!...

☺!!

SEXTA-FEIRA, 20 DE JUNHO

Tá! Então eu estava LOUCA para provar os cookies da Brianna.

Mordi um deles ansiosamente e prendi a respiração.

Era crocante, doce e amanteigado, e praticamente derreteu na minha boca.

"HUMMMMM, que DELÍCIA!", falei.

Foi como se eu tivesse mordido um pedacinho do céu.

"AI, MEU DEUS! O QUE você colocou neles?!"

"É segredo, kirida. Se eu contar, vou ter que te matar. Com meu cortador de biscoitos. Você terá uma morte lenta, cortada em mil pedacinhos!"

"Não importa!", murmurei ao dar mais uma mordida. "Srta. Bri-Bri! Isto aqui está INCRÍVEL!!"

"O que está incrível?", meu pai perguntou, meio sonolento.

Ele e minha mãe entraram na cozinha para tomar o café da manhã.

"Vocês têm que experimentar isto!", falei, dando um cookie para cada um. "Não acredito que estou dizendo isso, mas acho que a filha mais nova de vocês é um prodígio dos cookies!"

"*Bonjour!* Sou a srta. Bri-Bri, a lendária chef *dazestrela*. Prazer em conhecê-los!"

Ela apertou a mão do papai e da mamãe como se fossem novos clientes do café.

Meus pais piscaram um para o outro e entraram na brincadeira.

"*Bon appétit*, kiridos! Por favor, comam seus cookies", disse a srta. Bri-Bri, sorrindo.

De repente, meus pais não precisavam mais de café.

O sabor sensacional daqueles cookies de dar água na boca deixou os dois chocados, como se tivessem enfiado o dedo na tomada!

Não conseguíamos parar!...

NÓS AMAMOS OS COOKIES DA SRTA. BRI-BRI!

Eu subestimei totalmente a minha irmãzinha.

Ela não só era uma chef muito talentosa e criativa, mas uma futura GÊNIA gourmet!

"Não posso acreditar que você FEZ esses cookies!", minha mãe falou. "Estou tão orgulhosa de você, querida! Precisamos guardar a receita. O que você usou?"

"Bom, usei açúcar, canela, manteiga, baunilha, confeitos arco-íris, Bolinhas de Queijo do Cachorro Feliz, moela de galinha e, o mais importante de tudo, meu ingrediente secreto: o cereal do Capitão Crocante!", disse a srta. Bri-Bri, sorrindo, toda orgulhosa.

Primeiro, nós simplesmente CONGELAMOS. Depois, de forma lenta mas segura, começamos a assimilar o significado dos ingredientes altamente incomuns da srta. Bri-Bri.

Até que o formato esquisito dos cookies finalmente fez sentido para nós.

Minha mãe, meu pai e eu arfamos e cuspimos os cookies exatamente ao mesmo tempo!...

MINHA MÃE, MEU PAI E EU, SURTANDO QUANDO A BRIANNA NOS CONTOU O QUE TINHA COLOCADO NOS COOKIES!

Acho que nós três nos sentimos meio enjoados.

Aqueles cookies não tinham formato de lacinhos! Tinham formato de PETISCO DE CACHORRO!

A srta. Bri-Bri estava TÃO orgulhosa de si mesma.

"Eu os chamo de Cookies Deliciosos da srta. Bri-Bri para Cães e seus Humanos! Eles fazem suas papilas gustativas LATIREM, não é?!"

"Minhas papilas gustativas querem BATER em você com uma ESPÁTULA!", gritei. "Você acabou de nos servir PETISCOS DE CACHORRO sem avisar!"

"Este café tem uma política muito rígida contra agressão com espátulas, *kirida!*", a srta. Bri-Bri disse de um jeito tenso, se afastando de mim.

"É MUITO ESTRANHO eu ter acabado de comer um petisco de cachorro, ou MAIS ESTRANHO QUE ISSO é querer mais um?", perguntou meu pai enquanto enfiava mais dois cookies na boca. "Não me canso dessas delícias. Estou MORRENDO de vergonha disso!"

"Concordo totalmente, querido. Estão DELICIOSOS!", minha mãe disse enquanto pegava um da mão dele e o enfiava na boca.

Só fiquei olhando para os meus pais. Os dois estavam se deliciando com os petiscos de cachorro como se não comessem nada há semanas.

De repente, caí na real.

"MÃE! PAI! Não acredito que vocês estão fazendo isso!", gritei. "APENAS PAREM, POR FAVOR! ESTÃO ACABANDO COM TODOS OS COOKIES!"

Rapidamente peguei alguns para mim antes que eles devorassem todos.

"O QUE vocês estão fazendo?!", a srta. Bri-Bri nos repreendeu. "Esses cookies são para os meus dois clientes muito importantes! O crítico gastronômico de um jornal e um representante da embaixada da França vão chegar aqui em breve!"

"Ah, tá!", eu ri ao enfiar outro petisco de cachorro na boca.

"Estou falando MUITO sério!", disse á srta. Bri-Bri enquanto pegava seu bloco para me mostrar.

Tentei ler os garranchos.

"Hoje cedo, o sr. Brandon e o sr. André fizeram reservas para o meu café. São seus amigos, não?!"

AI, MEU DEUS! Quase desmaiei ali mesmo.

"Os dois chegarão muito em breve, *kirida*! E, se eles AMAREM meus cookies, vão fazer uma avaliação cinco estrelas do meu café. Assim, eu serei ainda MAIS famosa do que já sou!" Ela riu.

A srta. Bri-Bri tinha convidado TANTO o Brandon QUANTO o André para irem à minha casa?!

Sou muito amiga dos dois. Mas um NÃO SUPORTA o outro.

Eu SURTEI completamente e gritei...

Desculpa, mas estou surtando DE NOVO só de escrever sobre tudo isso. Preciso MUITO dar um tempo.

Vou continuar a escrever no diário amanhã... TALVEZ!

☹!!

SÁBADO, 21 DE JUNHO

A Brianna já fez muitas coisas TERRÍVEIS comigo ao longo da vida. Mas convidar o Brandon e o André JUNTOS e não se dar o trabalho de me contar com antecedência foi o golpe mais baixo de todos.

"Como você pôde fazer isso?", gritei com ela.

"Na verdade, foi bem fácil. Só enviei uma mensagem de texto para eles", explicou a srta. Bri-Bri. "Do SEU celular."

"O QUÊ?! Você usou o MEU celular?!", gritei. "Agora eles vão pensar que eu os convidei para vir aqui. O Brandon e o André praticamente SE ODEIAM e não suportam nem ficar na mesma sala juntos!"

"Não se preocupe, *kirida*! É como dizem: a boa comida une as pessoas!", ela disse com um sorriso bobo.

"Vamos precisar de MAIS do que boa comida para eles se entenderem!", resmunguei.

"Mas TAMBÉM dizem que nada é mais INTERESSANTE do que ver uma briga com COMIDA entre duas pessoas que se ODEIAM!", a srta. Bri-Bri acrescentou, animada.

Comecei a entrar em PÂNICO! E se a Brianna tivesse razão?! E se o Brandon e o André realmente começassem uma BRIGA DE COMIDA?

"Não se preocupe! Eles NÃO vão brigar", a srta. Bri-Bri disse. "Assim que o Brandon e o André experimentarem os deliciosos cookies do meu café, os DOIS vão se esquecer totalmente de VOCÊ, kirida."

"Sim, provavelmente porque vão estar ocupados SURTANDO por terem acabado de comer PETISCO DE CACHORRO!", rebati. "Muito obrigada, srta. Bri-Bri. A senhorita fez uma GRANDE bagunça na cozinha E na minha VIDA!"

Naquele momento, eu estava tão brava com a Brianna que senti vontade de... GRITAR ☹!! Mas primeiro eu precisava entrar em contato com os dois meninos para contar o que estava rolando. Antes que fosse tarde demais!

Subi correndo a escada até o meu quarto para pegar meu celular, com a srta. Bri-Bri bem atrás de mim!...

Bati a porta com tudo e a tranquei. Em seguida, peguei o celular e comecei a digitar um e-mail com a maior rapidez possível.

Foi quando a srta. Bri-Bri bateu educadamente à porta.

"Olha, kirida. Vamos fazer um trato! A srta. Bri-Bri vai arrumar a bagunça na cozinha e na sua VIDA ZOADA! Tá?! Mas não toque nesse TELEFONE!"

"Tarde demais!", falei ao clicar o botão "enviar" no meu celular. Mandei o seguinte e-mail ao Brandon e ao André:

* * * * * * * * * * * * * *

A quem possa interessar,

Você está recebendo este e-mail porque foi enganado por uma impostora de seis anos que se passa por chef, cujo nome falso é srta. Bri-Bri.

Por favor, desconsidere o convite que essa maluca fez por mensagem de texto para ir a uma padaria francesa e café cinco estrelas, já que isso não passa de produto da imaginação dela.

Repito, favor ignorar a mensagem dela e FICAR EM CASA!!

E, independentemente do que você faça, NÃO permita que ela te convença a comer os cookies cor-de-rosa, que, por incrível que pareça, são PETISCOS DE CACHORRO SUPERdeliciosos.

AVISO: entre os efeitos colaterais de seus experimentos na cozinha, podem estar náusea, vômito, confusão, tontura, gases, perda de memória, acne aguda, pés inchados, mau hálito, cárie, coceira intensa, perda de cabelo, diarreia incontrolável, unha encravada e fedor corporal grave.

Sinto muito por qualquer inconveniente que minha irmã possa ter lhe causado. Sinto muito mesmo, e passarei o resto do dia trancada no quarto tentando lidar com a mais pura humilhação e o enorme embaraço de ter que lhe escrever esta mensagem.

Sua amiga,
Nikki Maxwell

* * * * * * * * * * * * * *

Em poucos minutos, o Brandon e o André responderam ao meu e-mail.

ANDRÉ E BRANDON, RESPONDENDO AO MEU E-MAIL

"Seus convidados VIPs acabaram de cancelar", eu disse à srta. Bri-Bri. "Agora me ajude a limpar a cozinha!"

"VOCÊ ESTÁ TENTANDO ME ARRUINAR?", a srta. Bri-Bri gritou enquanto batia os pés pela cozinha, fazendo um escândalo como aqueles chefs da TV.

Finalmente tínhamos terminado de limpar a cozinha e estávamos prestes a guardar o forninho dela, os brinquedos e as coisas do café quando ouvimos a campainha tocar.

A Brianna correu para atender a porta e eu me joguei sentada em uma cadeira de brinquedo e fechei os olhos, exausta. Eu ainda estava um pouco traumatizada com todo o drama que ela tinha causado com as mensagens.

Devo ter cochilado sem querer ou alguma coisa assim, porque só me lembro de ouvir uma voz: "Bem-vindo ao Café da srta. Bri-Bri! Por favor, sente-se. Quer um pouco de chá de limão?"

Quando abri os olhos, pensei que veria a Brianna servindo chá para uma boneca ou um ursinho. Mas não era um brinquedo...

O QUE O BRANDON ESTAVA FAZENDO NO CAFÉ DA SRTA. BRI-BRI?!!

O Brandon disse que, depois de ler o meu e-mail DESESPERADO, pensou que um cupcake seria perfeito para me alegrar. Ele até trouxe um para a srta. Bri-Bri! ÊÊÊÊÊ ☺!...

BRANDON E EU COMENDO CUPCAKES!

204

E ele tinha RAZÃO! Aquele cupcake me animou SIM. **MUITO!**

Ficamos ali, meio que olhando um para o outro e corando enquanto a srta. Bri-Bri enchia a nossa xícara com seu delicioso chá de limão.

Mas, depois da receita do cookie, não tinha COMO perguntar o que havia naquele chá que o deixava tão gostoso, porque sinceramente...

EU NEM QUERIA SABER ☹!!

A última coisa de que eu precisava era me envergonhar totalmente na frente do Brandon CUSPINDO chá de limão pela cozinha assim que descobrisse os ingredientes bizarros, malucos e meio nojentos que ela tinha usado.

E de repente eu comecei a me perguntar se era impressão, ou se o Café da srta. Bri-Bri realmente tinha uma vibe romântica.

^^^^^
EEEEE ☺!!

Fiquei um pouco surpresa quando o Brandon pediu desculpa por todo o drama entre ele e o André na semana passada.

Depois, ele disse que recebeu um convite pelo correio há alguns dias e que estava ansioso para passarmos um tempo juntos na minha festa de aniversário.

Suspirei e contei que a festa tinha sido cancelada e reagendada várias vezes depois de os convites terem sido enviados sem querer.

E que eu não tinha escolha além de entrar em contato com todo mundo e avisar que a festa estava oficialmente CANCELADA. De novo.

Brandon apenas piscou e pareceu MUITO confuso a respeito da coisa toda. Mas eu não podia julgá-lo.

Ei, é a MINHA festa! E eu AINDA estou muito confusa a respeito disso TAMBÉM.

Estávamos terminando de comer nossos cupcakes quando o Brandon pigarreou e fez uma pergunta surpreendente.

"Então, Nikki, você tem planos para o jantar? Acabei de ganhar um vale-presente para uma refeição que não vou usar. Acho que você pode fazer melhor proveito", ele sorriu.

"Nossa! Obrigada, Brandon!", exclamei. "É da Queijinho Derretido, do Burger Maluco ou algum lugar assim? Oba! O que acha de comermos juntos lá?!"

Ele tentou não rir quando tirou o vale-presente do bolso e entregou para mim...

O VALE-PRESENTE DO BRANDON
PARA O CAFÉ DA SRTA. BRI-BRI!

Mas, depois que a srta. Bri-Bri explicou que a especialidade do dia era sanduíche de queijo com bobagens coberto com sorvete, ketchup, salgadinhos em formato de peixe e confeitos arco-íris, o Brandon e eu decidimos PULAR a refeição.

Então começamos a rir até ficarmos sem ar.

Apesar de a maioria da comida no café da srta. Bri-Bri ser péssima, nós nos divertimos DEMAIS ali.

Por mais que eu esteja ansiosa para ir a Paris no verão e passar um tempo com o André, vou sentir MUITA saudade do Brandon.

Tenho TANTA sorte de tê-lo como amigo!

☺!!

DOMINGO, 22 DE JUNHO

Hoje minha mãe e meu pai foram à Exposição de Melhorias do Lar para divulgar a empresa de controle de pragas do meu pai, a Maxwell Exterminadora de Insetos.

Infelizmente, isso fez com que eu tivesse de lidar com a minha PRÓPRIA situação de controle de pragas — ser babá da Brianna durante o dia todo ☹!

Eu estava relaxando e assistindo a uma reprise do meu reality show favorito, o *Minha vida muito rica e fedida!*, quando notei que minha casa estava estranhamente... QUIETA!

(Bem, tirando os integrantes do reality show gritando histericamente "EU TE ODEIO" um para o outro e então, dois minutos depois, rindo de modo insano e tirando selfies enquanto lançavam beijinhos para o ar. Eu ADOOOOORO esse programa!!)

Surpreendentemente, não ouvi nenhuma banheira transbordando, nenhum detector de fumaça apitando, nem os gritos animados da Brianna...

O QUE é que estava acontecendo?! Decidi desligar a televisão e descobrir!

210

A Brianna não estava na sala de estar vendo desenhos, nem no quarto brincando, nem na cozinha aprontando alguma coisa com seu forninho da Princesa de Pirlimpimpim.

A Margarida também não estava ali.

Mas eu notei que a coleira dela não estava no gancho perto da porta.

Isso obviamente significava que as duas estavam brincando no quintal, CERTO?!

ERRADO! Não havia nem sinal delas ali.

Foi quando de repente eu me lembrei de a Brianna ter dito que seu melhor amigo, o Oliver, estava visitando a avó, a sra. Wallabanger.

E, caso você esteja se perguntando, SIM! É AQUELA sra. Wallabanger! Nossa vizinha idosa sanfoneira cujas melhores amigas são dançarinas do ventre, a Mildred e a Marge!

Corri até a casa da sra. Wallabanger e toquei a campainha.

Depois do que pareceu, tipo, UMA ETERNIDADE, ela finalmente atendeu.

Fiquei surpresa ao ouvir uma música animada tocando lá dentro...

Bum-ba-da-bum! Bum-ba-da-bum! Bum-ba-da-bum! Bum-ba-da-bum!

Na verdade, era uma batida ótima!

Ei! Se ela tocasse ESSE TIPO de música na minha festa de aniversário, eu poderia reconsiderar.

SÓ QUE NÃO ☹!

Foi só uma brincadeirinha, pessoal.

Enfim, a sra. Wallabanger estava usando calça de ginástica com estampa de oncinha, uma camiseta de cores chamativas na qual se lia EU AMO ZUMBA e uma faixa na cabeça...

MINHA VIZINHA, A SRA. WALLABANGER!

"Oi, Nikki, querida! Desculpa, eu não ouvi a campainha de primeira!", ela gritou mais alto que a música. "Estou fazendo uma aula de zumba pela internet. É tão divertido balançar o esqueleto! E você acredita que estou aprendendo a fazer o TWERP?!"

"HUMM... ACHO QUE É 'TWERK' QUE A SENHORA QUER DIZER", gritei.

A música na casa dela estava tão alta que ela mal conseguia me escutar, mesmo com seu aparelho auditivo.

De repente, a sra. Wallabanger parou de sorrir. "O QUE você acabou de falar?! QUE EU SOU TÃO CHATA QUE DEVIA MORRER?", ela me repreendeu. "Não seja MAL-EDUCADA comigo, mocinha!"

"Não, eu não falei isso!", gritei. "Na verdade, eu disse... Ah, deixa pra lá. Bom, desculpe por interromper sua aula, mas a senhora viu a Brianna?"

"O QUE foi que você disse?!", a sra. Wallabanger gritou.

"Pode abaixar o volume UM POUQUINHO? Seria a atitude mais APROPRIADA!", gritei.

Mas a sra. Wallabanger só cruzou os braços e ficou me encarando.

"Olha, nunca PENSEI!", disse ela. "Como você tem coragem de me chamar de VELHA RECALCADA?!! Agora saia da minha casa!!"

E bateu a porta com tudo na minha cara! BAM!!

Fiquei ali olhando para a porta sem reação, enquanto a música continuava tocando alto.

Bum—ba—da—bum! Bum—ba—da—bum!

Como eu ainda estava no terreno da sra. Wallabanger, decidi dar uma olhada em seu quintal. Estava torcendo para encontrar a Brianna e o Oliver brincando juntos.

Mas não tive essa sorte!

Ao voltar para casa, notei o que parecia uma trilha de migalhas.

Na verdade, MIGALHAS COR-DE-ROSA! A trilha se estendia pela garagem, pela calçada, para além da nossa caixa de correio e desaparecia em seguida.

Tá bom, agora eu estava mesmo começando a entrar em PÂNICO!

Resisti à vontade de ligar para os meus pais e gritar:

"MÃE! PAI! MÁS NOTÍCIAS! A BRIANNA FOI SEQUESTRADA PELA BRUXA DOS DOCES DA HISTÓRIA DO JOÃO E MARIA!! COMO EU SEI? PORQUE PARECE QUE ELA TENTOU DEIXAR UMA TRILHA DE MIGALHAS PARA ENCONTRAR O CAMINHO DE VOLTA PARA CASA!

MAS A MARGARIDA DEVE TER COMIDO TUDO! O QUÊ? NÃO, ISSO NÃO É UM TROTE...!!"

Em vez disso, respirei fundo algumas vezes e tentei me acalmar.

Tá, se eu fosse a Brianna e a Margarida, AONDE é que eu iria e O QUE eu faria?

Eu precisava pensar como elas. Sabe, raciocinar como um animal jovem, barulhento e não adestrado e uma cachorrinha linda e brincalhona.

Eu também tinha que levar em conta que uma delas adora brincar no parque com os amigos. E a outra adora sair correndo atrás de cachorros até ficar totalmente exausta e fazer xixi na grama escondida, exatamente quando não estou vendo.

AI, MEU DEUS!

Isso sempre me deixa MALUCA!

Por mais que eu REPREENDA a Brianna e fale da importância de usar o banheiro ANTES de levar a cachorra para passear, ela NUNCA me escuta!

Nos últimos três dias, ela me perturbou sem parar para que eu a levasse ao parque de cachorros. Mas tenho andado SUPERocupada postando cartões-postais para cancelar a minha...

Espera um pouco! Era ESSA a resposta?!

O... PARQUE DE CACHORROS?!

AI, MEU DEUS!

A BRIANNA E A MARGARIDA PROVAVELMENTE TINHAM IDO AO PARQUE DE CACHORROS!!

Eu praticamente corri pelos três quarteirões seguintes.

Se a Brianna NÃO ESTIVESSE ali, eu não teria escolha a não ser telefonar para os meus pais e alertá-los de que ela estava desaparecida.

Quando cheguei, não vi a Brianna nem a Margarida em lugar nenhum.

Mas havia uma multidão reunida perto dos bebedouros. Às vezes, os pet shops da região distribuem amostras grátis de novos produtos ali.

O que quer que estivesse acontecendo, todo mundo parecia MUITO animado com aquilo.

Além de haver muita gente com seus cachorros em uma longa fila, ainda mais pessoas tinham se reunido ao redor de uma pequena banca.

Como eu não conseguia enxergar muita coisa em meio às pessoas, decidi subir em uma mesa de piquenique próxima.

Dei uma olhada e quase DESMAIEI...

Era a BRIANNA!

Ela e o Oliver estavam de pé na frente da multidão com a Margarida e o Profiterole (o yorkie malvado e maluco da sra. Wallabanger)!

Os dois cachorros usavam bandanas cor-de-rosa combinando.

A Brianna tinha coberto uma mesa do parque com uma toalha cor-de-rosa da mamãe e espalhou os petiscos de cachorro para serem expostos, com plaquinhas feitas à mão.

Só que ela deu a eles o nome de Mordidas Latidas da Chef Bri-Bri e estava vendendo um pacotinho com três petiscos por 5 dólares.

Sim. Cinco dólares!

Era ABSURDO!!

Crianças NORMAIS vendem um copo de limonada por 25 centavos. A Brianna era uma espécie de capitalista selvagem e gênio do marketing de marias-chiquinhas e camiseta de cachorro.

O Oliver estava distribuindo amostras para as pessoas e os cães. E, depois de uma mordida, OS DOIS literalmente IMPLORAVAM por mais!

A Margarida e o Profiterole estavam ocupados sendo charmosos e fofos com os clientes. E a Brianna estava distribuindo SAQUINHOS de Mordidas Latidas e recolhendo MUITO dinheiro.

Ei, eu sou totalmente a favor de crianças pequenas terem sonhos grandes. Mas NÃO se estiverem enganando pessoas ingênuas para que gastem seu suado dinheirinho com petiscos caninos que provavelmente NÃO são tão saudáveis nem para SERES HUMANOS nem para CACHORROS!

Eu tinha uma sensação muito ruim de que aquilo NÃO acabaria bem! Como irmã mais velha da Brianna, não tive escolha a não ser pôr fim àquilo antes que fugisse do controle!

Tentei passar por entre as pessoas para me aproximar da Brianna, mas fui bloqueada por um cara grande e gordo com seu buldogue grande e gordo. Os dois me encararam com sua cara feia e flácida.

"Ei, você! Nada de furar fila!", disse o homem. "Não me importo se você quer muito as Mordidas Latidas! A fila termina lá atrás. Vá se coçar!" Ele apontou o fim de uma longa fila de cerca de trinta pessoas.

"Hum... na verdade, NÃO estou aqui para comprar Mordidas L-Latidas", gaguejei.

Foi quando uma moça toda pomposa, com os cabelos enrolados e bufantes e um cachorro de pelos enrolados e bufantes, me encarou...

"Sinto muito, mocinha. Mas você vai ter que AGUARDAR a sua vez, como todo mundo! A Cupcake e eu estamos esperando pacientemente nesta fila há vinte minutos!", ela me repreendeu.

"Você não entendeu. NÃO estou tentando cortar a fila para comprar Mordidas Latidas", falei. "Aquela menininha ali é minha IRMÃ, e eu preciso falar com ela!"

O homem bufou para mim. "Bela tentativa, garota! Foi a mesma coisa que aquela adolescente com o chihuahua na bolsa disse. Mas não vou cair nesse truque duas vezes. Agora, VAZE daqui antes que o Almôndega fique nervoso!"

Almôndega rosnou, lambeu os beiços e começou a me encarar como se eu fosse uma... almôndega tamanho família ou alguma coisa assim. CREDO ☹!!

"Oi, Nikki!", o Oliver gritou feliz conforme acenava. "Que bom que você está aqui! Acho que a Brianna precisa de ajuda!"

Revirei os olhos para as duas pessoas irritadas na fila e corri até a Brianna e o Oliver.

"Aqui está, moça!", minha irmã entregou o último saquinho de Mordidas Latidas para uma cliente. "Espero que você E o seu cachorro gostem!"

"JÁ gostamos!", disse a mulher, praticamente salivando. "Comemos o primeiro saco e ADORAMOS! Que bom que conseguimos voltar ao parque para comprar mais, antes que acabasse!"

"ACABAR? O que você está dizendo? ACABOU?", gritou o cara com o buldogue. "VOCÊ SÓ PODE ESTAR BRINCANDO!"

"NÃO PODE TER ACABADO! A CUPCAKE VAI FICAR MUITO DECEPCIONADA! PROMETI AS MORDIDAS LATIDAS PARA ELA!", gritou a moça pomposa.

As pessoas começaram a resmungar e a reclamar.

Em seguida, começaram a entoar: "QUEREMOS MORDIDAS LATIDAS!! QUEREMOS MORDIDAS LATIDAS!!"

Meu impulso me dizia para sair correndo dali.
Desculpa, mas sou muito ALÉRGICA a MULTIDÕES ENFURECIDAS!

O único motivo pelo qual permaneci foi que meus pais NÃO ficariam felizes na hora do jantar quando eu explicasse a eles que tinha deixado a Brianna no parque de cachorros com uma multidão de animais selvagens e raivosos.

NÃO estou falando dos CACHORROS!

Mas dos DONOS deles ☹!

Dei alguns passos cuidadosos em direção à multidão enfurecida e gritei o mais alto que pude:

"Pessoal, ouçam, por favor! Sinto muito, mas as Mordidas Latidas esgotaram! Esse negócio agora está encerrado. PERMANENTEMENTE!"

"QUEM disse?", a Brianna rebateu. "VOCÊ NÃO MANDA EM MIM, Nikki! Não estamos fechados enquanto eu não disser que estamos!"

Aí ela subiu em cima da mesa para falar com a horda de clientes nervosos.

"Ei, pessoal, podem me dar atenção? AINDA é possível comprar as deliciosas Mordidas Latidas! Preencham o formulário que vou atendê-los O MAIS RÁPIDO POSSÍVEL.

Ou vocês podem comprá-las... online no meu... humm, site, o Mordidas Latidas da Chef Bri-Bri!"...

BRIANNA ANUNCIANDO O SITE
DAS MORDIDAS LATIDAS?!

Eu não podia acreditar que a minha irmã estava MENTINDO para todas aquelas pessoas daquele jeito. Ela NÃO tinha site nenhum.

Aff, ela nem sequer sabia como SOLETRAR a palavra "site"!

Eu a encarei e sussurrei: "Brianna! O QUE você está dizendo?! Você NÃO tem site!!"

Ela riu com nervosismo, pigarreou e continuou: "Humm... na verdade, eu quis dizer que vocês podem visitar o meu site, Mordidas Latidas da Chef Bri-Bri, que vou lançar. Um dia. Muito em breve. Provavelmente!"

Então abriu um sorriso inocente e deu de ombros, como se estivesse meio confusa sobre o site.

A multidão toda começou a comemorar!

E aí todos saíram em disparada para pegar os formulários que a Brianna tinha feito à mão, com seus garranchos.

O Oliver, a Brianna e eu tivemos que nos jogar atrás da mesa para evitar a multidão ensandecida de seres humanos felizes e cães animados.

Entregamos os formulários de pedido até acabarem.

Então as pessoas começaram a nos entregar pedaços de papel para que escrevêssemos o endereço do site da Brianna, que não existia.

Que ela ia lançar.

Um dia. Muito em breve.

Provavelmente!

As pessoas estavam tão desesperadas para adquirir as Mordidas Latidas da Chef Bri-Bri que muitas chegaram a pagar o pedido antecipadamente.

Quando a multidão finalmente se dispersou, o carrinho vermelho da Brianna estava lotado de notas de cinco dólares.

AI, MEU DEUS! Parecia que ela tinha roubado um banco ou alguma coisa assim!...

O CARRINHO DA BRIANNA CHEIO DE DINHEIRO!

Felizmente, minha irmã tinha trazido sua mochila, então enfiamos o dinheiro e os formulários nela.

Sinceramente, não tenho ideia de como a Brianna planeja atender a todos esses pedidos para as Mordidas Latidas. E ela precisa mesmo de um site, tipo, pra ONTEM!

Por mais que eu ADORASSE ajudá-la, tenho meus próprios problemas para resolver.

Talvez minha mãe a ajude. Ou poderia ser o projeto perfeito para que ela e as amigas das escoteiras ganhassem as medalhas de honra ao mérito como grandes empreendedoras.

De qualquer modo, amanhã a Chloe, a Zoey e eu vamos cuidar dos postais para enviar a todos os meus convidados informando que a minha festa de aniversário foi cancelada.

A Zoey diz que, se enviarmos os avisos até terça, todo mundo vai receber até quinta.

Então esse pesadelo do aniversário terá finalmente terminado!

☹!!

SEGUNDA-FEIRA, 23 DE JUNHO

Ter que criar um texto explicando por que a minha festa de aniversário estava sendo CANCELADA era muito mais difícil do que pensei...

Querido *INSIRA O NOME DE UM CONVIDADO*,

Lamento informar que, devido a circunstâncias que estão além do meu controle, minha festa de aniversário foi oficialmente cancelada. Peço desculpas sinceras por qualquer inconveniente que isso possa ter causado e lhe asseguro que na verdade estou fazendo um ENORME favor a todos. Comer uma fatia nojenta de bolo de pizza, sorvete, sushi, panqueca, sopa de marisco, Skittles e ainda ser forçado a assistir a várias senhorinhas fazendo dança do ventre ao ritmo da sanfona provavelmente teria causado vômito, fora o trauma psicológico irreversível. Se você tiver alguma dúvida, reclamação ou só quiser gritar com alguém por ter destruído seu fim de semana, por favor, sinta-se à vontade de entrar em contato com a minha relações-públicas, Chloe Garcia.

Atenciosamente,
Nikki Maxwell

Tudo bem, admito que a minha carta foi meio dura. Para a CHLOE! Apesar de ter sido culpa DELA os convites terem sido enviados, fazê-la pagar o pato e ter que lidar com as reclamações sobre o aniversário provavelmente era injusto.

"Bonjour, kirida!", uma voz familiar interrompeu meus pensamentos. QUE MARAVILHA ☹!...

ERA A CHEF BRI-BRI! DE NOVO!

"O QUE você está fazendo no MEU café? Você fez reserva?", ela perguntou com grosseria.

"Na verdade, da última vez que conferi, eu estava sentada à mesa da cozinha da MINHA casa", rebati.

"Não, kirida, ISSO aqui é um negócio! E temos uma política muito restrita na qual NÃO PERMITIMOS PREGUIÇA. Então, a menos que você queira fazer uma reserva, ADEUS! SINTO MUITO!"

Apenas revirei os olhos para ela. Eu ME RECUSAVA a esperar três meses por uma mesa. "Não, obrigada. Vou embora!", respondi.

"ESPERA!", ela disse. "Vamos fazer um acordo. Eu preciso muito de um site. Se você fizer um para mim, eu pago com MORDIDAS LATIDAS e você pode ficar no meu café. Estamos combinadas?"

"NÃO!", resmunguei. "Estou fora. DESCULPA!"

"ESPERA!", a Brianna disse de novo. "E se eu pagar com... DINHEIRO?"

Ela enfiou a mão no bolso, tirou um maço de notas de cinco dólares e balançou na frente do meu rosto, de um lado para o outro, de um lado para o outro, como se estivesse tentando me hipnotizar ou algo assim.

De repente, a chef Bri-Bri ganhou minha atenção total!

"Hum... TÁ! Estou ouvindo!", murmurei.

"Todo mundo ADORA as minhas deliciosas MORDIDAS LATIDAS! Nem cães nem seres humanos conseguem resistir", a chef Bri-Bri explicou. "Vou ficar TÃO rica que vou poder comprar um BEBÊ UNICÓRNIO! Mas preciso de um parceiro nos negócios. Se você me ajudar, PODERÁ ser SUPER-rica também, kirida!"

Na verdade, ESSA foi a coisa mais RIDÍCULA que já ouvi.

Sei que todos temos sonhos e esperanças, incluindo a pirralha da minha irmã. Mas FALA SÉRIO! Algumas coisas simplesmente estão além do campo da possibilidade.

Todo mundo sabe que BEBÊS UNICÓRNIOS não existem!...

BRIANNA COMPRA UM BEBÊ UNICÓRNIO?!

A única coisa MAIS inacreditável do que isso foi o fato de eu ter recebido uma oportunidade de ganhar uma grana. Peguei minha calculadora e logo somei todo o dinheiro recebido pelas Mordidas Latidas e o que vai entrar com os pedidos. Deu um total de 970 dólares! Depois dos gastos, se dividíssemos o dinheiro meio a meio, cada uma de nós teria um lucro de uns 400 dólares.

AI, MEU DEUS! Dava para pagar o aluguel da
piscina e quase todo o resto para a minha festa de aniversário ☺! E talvez a gente possa vender ainda mais!

"Certo, chef Bri-Bri! Temos um acordo!"

Ela apertou minha mão com firmeza e abriu um sorrisão. "Bem-vinda à Mordidas Latidas, kirida!"

Tirei uma foto fofa da Margarida com meu celular, e em uma hora tínhamos um site funcionando...

O SITE DAS MORDIDAS LATIDAS DA CHEF BRI-BRI!

A Brianna e eu passamos o resto do dia trabalhando juntas em nosso novo negócio.

Seguimos de bicicleta até uma loja para comprar ingredientes e sacolas de plástico, laços, etiquetas e caixas pequenas.

Em casa, enquanto ela assava os cookies em seu forninho, eu usei o forno de verdade da cozinha. Cada assadeira comportava duas dúzias de petiscos, então demorou algumas horas para assar e cobrir todos eles para dar conta de todos os pedidos.

O último passo era embalar para serem enviados aos clientes.

Imprimi etiquetas de endereço e coloquei as sacolas de petiscos de cachorro em caixas.

Sabe-se lá como, a Brianna acabou com mais etiquetas grudadas nela do que nas caixas que seriam enviadas.

A Margarida ajudou também e foi limpando todos os petiscos que acidentalmente derrubávamos no chão!...

MARGARIDA, MANTENDO O CHÃO LIMPO!

Nosso negócio era muito trabalhoso, mas decidi olhar pelo lado bom.

Cada pedido fechado era mais um passo rumo à FESTA SUPERincrível e SUPERépica!!

Foi ideia da Brianna conferir o nosso novo site para ver se mais pedidos tinham entrado.

Ficamos chocadas ao ver que uma dúzia de novos pedidos tinha sido feita em poucas horas, desde que o site tinha sido lançado.

∧∧∧∧∧∧
EEEEEE ☺!!

Quando minha mãe voltou do trabalho, estava tudo pronto para ser enviado.

E olha só: ela disse que sentia MUITO ORGULHO do nosso trabalho em equipe!

Fiquei MUITO aliviada ao ver que a minha mãe não estava IRADA por termos montado um negócio sem perguntar primeiro se podíamos.

Além disso, precisávamos da senha da conta dela no PagAmigo para que pudéssemos processar todos os pedidos!

Minha mãe se ofereceu para postar as caixas no correio a caminho do trabalho na manhã seguinte.

Eram notícias muito boas, porque eu não queria encarar uma sala de correspondências DE NOVO!

Principalmente porque eu AINDA tinha pesadelos pensando na Chloe, na Zoey e em mim trombando com aquele funcionário! Nós literalmente derrubamos o coitado no chão!

Enfim, conforme planejado, as minhas melhores amigas chegaram depois do jantar para me ajudar a preencher os cartões de CANCELAMENTO da festa.

Elas estavam meio carrancudas com isso tudo, o que dá para entender.

Eu mal conseguia conter a empolgação a respeito da enorme SURPRESA que tinha para elas!...

EU, MOSTRANDO ÀS MINHAS MELHORES AMIGAS A VERBA PARA A MINHA FESTA DE ANIVERSÁRIO!

A Chloe e a Zoey ficaram tão chocadas e felizes que começaram a gritar!

Demos um abraço coletivo e voltamos a planejar a nossa festa.

Agora tenho dinheiro suficiente para alugar a piscina, que precisa ser paga na quarta-feira.

Apesar de a chef das estrelas, a Bri-Bri, ser meio MALUUUUUCA, fico feliz por ela ter me oferecido um acordo que não pude recusar.

Estou muito orgulhosa da minha irmãzinha! Tenho certeza de que ela vai ser milionária quando tiver dez anos!

Já que a minha festa vai acontecer outra vez, minhas melhores amigas e eu decidimos nos encontrar no Palácio da Festa amanhã ao meio-dia para comprar artigos e decorações.

Estou TÃO animada, mal posso esperar!

ÊÊÊÊÊÊÊÊ!!

!!

TERÇA-FEIRA, 24 DE JUNHO

Sempre que vou ao Palácio da Festa, fico totalmente ENCANTADA!

Além de ser uma BAITA loja, tem TODOS os temas de festa imagináveis!

Para TODAS as ocasiões!

Para TODAS as faixas etárias!

Em TODAS as cores!

E hoje fomos comprar coisas lá para a MINHA festa de aniversário! ÊÊÊÊÊÊ ☺!!

Eu tinha decidido fazer o pagamento do aluguel da piscina a caminho da loja, e aí encontrei a minha amiga Violet.

Quando ela descobriu que eu ainda não tinha contratado um DJ para a festa, se ofereceu para ser a minha DJ como um presente especial para mim!

Fiquei TÃO feliz que a abracei! A Violet tem uma coleção INCRÍVEL das músicas mais legais e foi a DJ da nossa grande festa de Halloween na escola.

De qualquer forma, graças à nossa venda superbem-sucedida de Mordidas Latidas e à minha mãe ter concordado em pagar o bolo, o refrigerante, a pizza e os petiscos, as minhas melhores amigas e eu tínhamos agora 200 dólares (seguramente guardados no meu bolso de trás) para gastar em decorações e itens de festa descolados.

Perto da entrada da loja, havia uma vitrine de chapéus MA-LUU-COS de festa. A Chloe e a Zoey pegaram uma enorme coroa de plástico com pisca-piscas coloridos, que tocava "Parabéns pra você", e me DESAFIARAM a usá-la!

Ei! Comparando com a humilhação que eu sofria na escola todo dia, usar uma coroa idiota era bem fácil. Eu a coloquei e nós três tiramos uma selfie hilária fazendo bico de pato!

A Zoey encontrou um carrinho de compras, e a Chloe e eu subimos nele. Então rodamos pela loja, rindo histericamente enquanto eu cantarolava a música boba que tocava na minha coroa...

AS MINHAS MELHORES AMIGAS E EU, FAZENDO COMPRAS PARA A MINHA FESTA!

A seção de festa na praia era muito colorida e ocupava um corredor todo. Eu fiquei olhando ENCANTADA para as várias prateleiras! Não fazia ideia de que havia tantos temas diferentes para festa na praia, como Paraíso Tropical, Surfista, Sereia, Criaturas do Mar, Sobreviventes, Moana e Ilha Deserta, entre outros.

"NOSSA! Vejam todas essas coisas INCRÍVEIS!", a Chloe exclamou.

"E aí, Nikki, de qual tema você mais gosta?", a Zoey me perguntou. "Todos eles são MARAVILHOSOS!"

"Na verdade, não faço a menor ideia!", falei. "SOCORRO! Não consigo decidir!"

A Chloe levou a mão ao queixo. "Bom, você quer um clima descolado, fofo, chique, artístico, retrô ou glamoroso?!"

"Qual é, pessoal. Apenas RELAXEM! Estamos planejando uma festa de aniversário, não o lançamento de um foguete para Marte!", a Zoey provocou enquanto admirávamos uma saia SUPERfofa e uma tiara de flores...

OS ITENS DE FESTA ERAM INCRÍVEIS!

Decidimos que o tema Paraíso Tropical era a melhor escolha para combinar com os nossos convites.

Por sorte, o gerente da loja de repente anunciou uma promoção "compre um, leve outro GRÁTIS!" em todos os artigos temáticos.

"AI, MEU DEUS! Eu ADORO essas coisas!", comentei. "E, agora que está tudo em PROMOÇÃO, podemos comprar o DOBRO de coisas! Vamos, meninas, vamos comprar até tombar!"

A Chloe correu para buscar outro carrinho enquanto a Zoey e eu desesperadamente pegávamos itens das prateleiras.

Foi uma correria enquanto os clientes entravam nos corredores como urubus famintos. Em poucos minutos, a maioria das prateleiras de festa na praia estava vazia.

Mas as minhas amigas e eu tínhamos DOIS carrinhos de compras carregados de coisas legais! Nós nos divertimos DEMAIS comprando artigos para a minha festa ☺!

Por fim, fomos para a fila do caixa pagar.

Enquanto esperávamos na fila, enfiei a mão no bolso de trás para tirar os 200 dólares. E foi quando eu tive um COLAPSO!...

Sim! Meu dinheiro desapareceu do nada!

Só de escrever sobre isso já me sinto mentalmente exausta. Então termino este relato amanhã!

!!

QUARTA-FEIRA, 25 DE JUNHO

Essa coisa toda de festa tem sido uma enorme...

MONTANHA-RUSSA EMOCIONAL!

E, quando você pensa que a montanha-russa finalmente parou e é seguro descer, seu carrinho gira e gira até você ficar zonza, te vira de cabeça para baixo no ar até você sentir que vai vomitar e então te lança em uma queda mortal de cem metros!

Eu só quero descer dessa coisa e retomar a minha vida.

Eu não fazia ideia de como tinha perdido o dinheiro da festa!

Fiquei MUITO brava comigo mesma!

Enquanto a Zoey falava com o gerente para ver se alguém tinha devolvido um dinheiro perdido, a Chloe e eu andamos meio sem rumo pelos corredores da loja, tentando passar de novo por onde já tínhamos passado.

Mas não adiantou nada! Eu não podia acreditar que teríamos de cancelar a minha festa DE NOVO.

Comecei a chorar bem ali na loja, enquanto a Chloe e a Zoey faziam o melhor que podiam para tentar me consolar...

CHLOE E ZOEY ME DANDO UM ABRAÇO COLETIVO!

Sabe-se lá como, ativamos acidentalmente aquela coroa de festa idiota, e ela começou a tocar "Parabéns pra você" de novo.

Fiquei um pouco surpresa quando a Chloe e a Zoey começaram a cantar junto. Mas foi a versão MAIS TRISTE que eu já ouvi, pois as duas também estavam bem chateadas.

Elas começaram meio com vergonha, mas, na última frase, já estavam cantando a plenos pulmões, animadas e empolgadas, como se fosse uma canção de empoderamento da Katy Perry ou algo assim.

Minhas melhores amigas fizeram isso para que EU me sentisse melhor, porque elas se IMPORTAM! E, quando finalmente terminaram, eu já estava com um baita nó na garganta.

"Obrigada, pessoal. Eu sinto MUITO", funguei. "Sei que vocês se empenharam demais para me ajudar com a festa. Sinceramente, vocês duas estavam ainda mais ansiosas do que eu. E aí estraguei tudo quando perdi o dinheiro!"

"Olha, Nikki! Tudo isso era para ter girado ao SEU redor e ao redor do seu dia especial", a Chloe falou. "Mas fizemos com que girasse ao NOSSO redor! Ficamos ocupadas demais tentando impressionar as pessoas e nos tornar mais populares para ser convidadas para festas! Nós decepcionamos você."

"De um jeito muito egoísta, encaramos a coisa toda como um enorme evento social, e não como uma celebração para a amiga mais gentil, doce e companheira que já tivemos! Acho que nós duas nos deixamos levar pela empolgação", a Zoey explicou.

"Por favor, nos perdoe?!", as duas perguntaram.

"Claro que sim!", respondi. "Vocês são as melhores amigas do MUNDO! NUNCA vou esquecer toda a diversão de hoje. Principalmente quando estávamos rodando e cantando no carrinho e...!"

"AI, MEU DEUS! O CARRINHO!!", gritamos.

Corremos até o primeiro carrinho e começamos a procurar como loucas debaixo da nossa pilha de coisas de festa. E ali, no fundo do carrinho, estavam os 200 dólares! Tinham caído do meu bolso!

AI, MEU DEUS! Ficamos TÃO felizes e aliviadas!

E como a festa VOLTARIA A ACONTECER...

...CORREMOS PARA A FILA DO CAIXA ANTES QUE OUTRO DESASTRE ACONTECESSE!

Quando voltamos para a minha casa, colocamos todas as sacolas no meu quarto.

E então conferimos cuidadosamente a lista de itens.

Tínhamos a piscina, a comida, o bolo, as decorações, os artigos de festa, os jogos e a DJ.

Estava tudo certo para a minha festa!
^^^^^
EEEEE ☺!

Quando a Chloe e a Zoey foram embora, desabei na cama, exausta.

Eu estava feliz, e era muito bom FINALMENTE ter a minha vida sob controle outra vez.

De repente, meu celular vibrou.

E então, alguns segundos depois, vibrou de novo. Significava que eu tinha acabado de receber dois novos e-mails. Dei uma olhada neles e resmunguei alto.

De:	Assunto:
Trevor Chase	Seu roteiro para a turnê com a Bad Boyz
Madame Danielle	Seu roteiro para a viagem a Paris

QUE MARAVILHA!

Eu tive a minha vida sob controle, tá bom!

Por, tipo, trinta segundos!

☹!!

QUINTA-FEIRA, 26 DE JUNHO

QUE MARAVILHA ☹!

Agora eu estou com uma BATATA QUENTE nas mãos!

E é tudo culpa MINHA!

Eu, como uma IDIOTA, concordei em fazer a turnê com a Bad Boyz E a viagem a Paris.

AO MESMO TEMPO!

Quem, além de uma COMPLETA FRACASSADA, faz algo assim?!

Preciso avisar ao Trevor Chase O MAIS RÁPIDO POSSÍVEL que NÃO vou participar da turnê.

Mas estou MORRENDO DE MEDO.

Eu me sinto tão CULPADA, porque a Chloe, a Zoey e o Brandon provavelmente vão ficar ARRASADOS assim que descobrirem!

Sou a PIOR amiga de todos os tempos ☹!

Minha festa acontece em quarenta e oito horas, e o tempo está se esgotando.

Finalmente, decidi deixar de lado todos os meus medos e encarar COM CORAGEM meu MAIOR problema!

Ignorar essa questão muito séria poderia tornar a minha festa um DESASTRE humilhante.

Então eu fiz o que qualquer garota EMPACADA com um MAIÔ feio, largo e esquisito da aula de educação física faria.

Corri para o shopping para comprar um maiô NOVO para a minha festa de aniversário!

PROBLEMA RESOLVIDO ☺!

Ei! Sou a ANIVERSARIANTE! É OBRIGATÓRIO que eu fique SUPERlinda!

Certo?...

Adorei TODOS os maiôs e me diverti provando cada modelo com vários sapatos e penteados.

Claro que enviei selfies para a Chloe e a Zoey. Elas gostaram da minha maratona de roupas de banho e disseram que eu parecia uma modelo de verdade.

Escolhemos o LINDA, LEVE, SOLTA E SAPECA, porque esse tipo de maiô tá super na moda!

TAMBÉM decidi deixar para DEPOIS do meu aniversário a conversa sobre a turnê com a Bad Boyz! EU SEI! EU SEI! Meus amigos merecem saber minha decisão final. Mas isso estragaria a diversão. A última coisa que eu quero é que eles fiquem chateados na minha festa de aniversário.

Esperar mais alguns dias não será problema!

Tipo, O QUE poderia dar errado em apenas quarenta e oito horas?!

☺!

SEXTA-FEIRA, 27 DE JUNHO

AMANHÃ É A MINHA FESTA DE ANIVERSÁRIO!! ÊÊÊÊÊ!!

Passei por tanto DRAMA este mês que sinceramente pensei que esse dia NUNCA chegaria.

Parece que, por um motivo ou outro, acabei cancelando a festa umas cem vezes.

A Chloe e a Zoey estão aqui agora, então eu preciso correr!

Nós três e nossas respectivas mães vamos até a piscina hoje à noite para começar a arrumar a festa.

Então estará quase tudo pronto para amanhã.

AI, MEU DEUS!

Nem acredito que o Brandon acabou de me mandar uma mensagem dizendo que vai passar para ajudar.

^^^^^
EEEEE!!!!

ATÉ MAIS TARDE! Escrevo mais amanhã (se conseguir)!

☺!!

SÁBADO, 28 DE JUNHO

AI, MEU DEUS! Minha festa de aniversário está mais PERFEITA do que imaginei! ESTÁ...

MARAVILHOSA ☺!!

Estou fazendo um intervalo rápido para escrever isto aqui, para poder me lembrar de tudo PARA SEMPRE!!...

MEU LINDO BOLO DE ANIVERSÁRIO
(QUE A CHEF BRI-BRI NÃO FEZ)

TODOS OS MEUS AMIGOS VIERAM À FESTA!

ALGUMAS FALSIANES TAMBÉM!

A CHLOE, A ZOEY E EU COM AS NOSSAS ROUPAS DE ILHA TROPICAL **SUPERFOFAS**

POSE COM O DESCOLADO DO ANDRÉ E O DOIDINHO DO MAX C.

COM A MINHA FAMÍLIA

A festa, além de ter sido DE ARREBENTAR, teve MOMENTOS MEMORÁVEIS!...

O MOMENTO MAIS "VÍDEO VIRAL"

TODO MUNDO CURTINDO E FAZENDO DANCINHA DO FORTNITE, COMO "FLOSS", "HYPE" E "ORANGE JUSTICE"!

MOMENTO "FÃS DA PRINCESA DE PIRLIMPIMPIM"

VIOLET, CHASE E EU, TENTANDO SEGUIR DE UNICÓRNIO ATÉ A ILHA DO BEBÊ UNICÓRNIO PARA VISITAR A PRINCESA DE PIRLIMPIMPIM!

MOMENTO MAIS "SINTO MUITO POR NÃO SENTIR NADA"

CHEF BRI-BRI COBRANDO 25 DÓLARES DA MACKENZIE E DA TIFFANY PELOS QUINZE PETISCOS DE CACHORRO QUE ELAS COMPRARAM!

O que posso dizer?! Minha festa ÉPICA está de ARREBENTAR!

Com toda a confusão sobre se a minha festa de aniversário aconteceria, não pude aceitar ser par nem do Brandon nem do André.

Então, fiquei feliz porque os dois foram à festa e não BRIGARAM como dois bebês chorões.

Todos curtimos juntos e nos divertimos muito.

Foi incrível que TODO MUNDO que eu convidei apareceu. Fiquei SUPERempolgada quando vi o amigo do Brandon, o Max Crumbly, e a minha amiga Chase, que conheci no programa de intercâmbio no Colinas de North Hampton.

E, como sempre, a Violet arrasou com suas INCRÍVEIS habilidades de DJ.

Agradeci a Zoey e a Chloe de novo por todo o esforço e demos um abraço coletivo!

Essa festa NUNCA teria acontecido sem o incentivo e o apoio DELAS. E, claro, daquele livro MARAVILHOSO que elas me deram, o *Minha vida muito rica e fedida! Planeje sua festa (Porque a vida é uma festa e você deve sorrir enquanto ainda tem dentes)!*

Elas são AS MELHORES AMIGAS DO MUNDO!!

AI, MEU DEUS! Este foi um dos dias MAIS FELIZES da minha vida!

^^^^^^^^
EEEEEEEÊ!!

Bom, preciso parar de escrever agora. A MacKenzie está sendo SUPERlegal e quer me mostrar o presente de aniversário que trouxe para saber se eu gosto. Acho que convidá-la acabou NÃO SENDO um enorme erro.

Ei! Estou aliviada por ela não ter DESTRUÍDO a minha festa como naquele PESADELO horroroso!

☺!!

DOMINGO, 29 DE JUNHO

Tá. Lembra quando eu disse que tudo na minha festa de aniversário foi PERFEITO?

Bem... eu estava ENGANADA ☹!!

E lembra quando eu disse que estava aliviada pela MacKenzie não ter DESTRUÍDO a minha festa, como tinha feito naquele pesadelo horrível?

Infelizmente, eu também estava ENGANADA em relação a isso ☹!!

Eu devia ter SUSPEITADO quando a MacKenzie e a Tiffany começaram a ser superlegais comigo, dizendo que a festa estava ÓTIMA e que eu ia AMAR, AMAR E AMAR o presente de aniversário FABULOSO que elas tinham comprado para mim.

E devia ter DESCONFIADO MUITO quando elas INSISTIRAM para que o Brandon, a Chloe e a Zoey fossem com a gente ver o presente fabuloso! Foi só um plano malvado para SABOTAR as minhas amizades! Porque o que aconteceu foi o seguinte...

MACKENZIE, DANDO COM A LÍNGUA NOS DENTES SOBRE MEUS ASSUNTOS PARTICULARES!

A Chloe, a Zoey e o Brandon ficaram me olhando, chocados e boquiabertos.

Logo ficou bem claro para mim que a MacKenzie e a Tiffany só tinham ido à minha festa de aniversário para começar um DRAMA!

A Chloe olhou bem para as duas. "Vocês estão ENGANADAS! Se a Nikki fosse para Paris, ela teria nos contado PRIMEIRO! Somos as melhores amigas dela!"

"Desculpa acabar com o seu sonho! Mas nem TODAS as fofocas que você escuta são REAIS!", disse a Zoey, bem irritada.

"Já chega de drama!", o Brandon suspirou. "A Nikki prometeu que nos contaria se fosse para Paris. E teria feito isso SE fosse verdade."

"CERTO, NIKKI?!", os meus três amigos perguntaram de repente, me colocando contra a parede.

"ERRADO!", a Tiffany respondeu, rindo. "O nome da Nikki está na lista para a viagem a Paris junto com o meu! Posso mostrar o e-mail pelo meu celular."

QUE MARAVILHA 😒!! NÃO era assim que eu queria que os meus amigos soubessem! Eu devia ter sido sincera e contado a verdade para eles semanas atrás.

"Escuta, p-pessoal! É VERDADE! Eu v-vou para PARIS!", gaguejei com nervosismo. Pelo canto do olho, vi o André por perto, e seu rosto se iluminou com um ENORME sorriso.

"VOCÊ VAI?!", meus amigos se assustaram.

"POR QUE não nos contou?", o Brandon perguntou.

"QUANDO pretendia contar para a gente?", a Zoey quis saber.

"O QUE você tem na cabeça?! Você vai para Paris com a Tiffany? Todo mundo sabe que ela ODEIA VOCÊ!", a Chloe me repreendeu.

Tá, meus amigos tinham acabado de me fazer UM MONTE de perguntas COMPLICADAS. "Eu pretendia contar para vocês. Hum... DEPOIS da festa. Mas estava com muito medo de vocês ficarem tristes ou bravos comigo. Então eu meio que procrastinei um pouco", murmurei.

"Nikki, somos seus AMIGOS! Estamos FELIZES por você! Não precisava fazer de Paris um SEGREDO!", a Zoey exclamou.

"EU NÃO PRECISAVA? Hum... quer dizer, EU NÃO FIZ! NUNCA faria uma coisa dessas!", menti. "Guardar segredo assim dos nossos melhores amigos é bem... BESTA!"

"Claro, estamos um pouquinho DECEPCIONADOS!", a Chloe disse. "E talvez meio CHATEADOS! E quem sabe TOTALMENTE ARRASADOS! Mas vamos superar. Um dia!"...

MEUS AMIGOS TOTALMENTE ARRASADOS?!

"Só queremos que você realize seus SONHOS! Nikki, você merece Paris!", o Brandon disse.

E então a coisa mais esquisita aconteceu.

Meus amigos começaram a planejar uma festa de BON VOYAGE para mim!

Bem ali na minha festa de ANIVERSÁRIO!

Tipo, QUEM faz ISSO?!

Meus amigos TONTOS, MARAVILHOSOS e ADORÁVEIS... eles mesmos ☺!

Vou sentir MUITA saudade deles ☹!

A MacKenzie e a Tiffany ficaram dando sorrisos falsos e revirando os olhos para nós. Senti uma vontade IMENSA de gritar "CALEM A BOCA!", apesar de elas não estarem dizendo nada.

Durante semanas, eu fiquei estressada por causa de Paris, deixando o assunto em segredo, sem contar para os meus amigos.

Sem motivo ALGUM!

Bom, uma coisa é certa. NÃO vou convidar as RAINHAS DO DRAMA para a minha festa de bon voyage.

Tenho duas palavras para cada uma delas: "SAI FORA!"

☺!

SEGUNDA-FEIRA, 30 DE JUNHO

Mal consegui dormir na noite passada! Fiquei me revirando na cama por horas, meus pensamentos em disparada.

Minha festa foi um sucesso enorme! Meus amigos me apoiam! Sou sócia de um negócio bem-sucedido de petiscos para cachorro com a criança prodígio conhecida no mundo todo, Bri-Bri, a chef das estrelas! E um verão SUPERanimado me espera!

Mas, no fundo, tinha alguma coisa errada. Eu não tinha certeza DO QUE era nem de COMO dar um jeito nisso.

Fiquei bem contente quando recebi um telefonema ontem da minha amiga Chase. Ela disse que se divertiu muito na minha festa e que conheceu um cara chamado Max Crumbly. Contei tudo sobre ele e disse que ele é muito legal. Não consegui deixar de pensar que eles formariam um casal BEM FOFO ☺!

No começo, a Chase e eu pensamos em ficar no mesmo quarto na nossa viagem para Paris. Mas, por AZAR, ela acabou indo parar na lista de espera, em vez daquela rainha do drama viciada em selfie, a Tiffany ☹!

Enfim, mais tarde, eu estava relaxando com meu diário e enrolando para escrever os cartões de agradecimento pelos presentes de aniversário...

...quando recebi uma mensagem de texto MUITO ESQUISITA do Brandon!

Ele disse que tinha novidades MUITO BOAS e que eu precisava encontrá-lo na CupCakery em dez minutos, porque ele queria me contar pessoalmente.

DEZ MINUTOS?! O que estava acontecendo?!

Eu tinha certeza de que tinha a ver com a Amigos Peludos. Provavelmente aquele evento beneficente no qual eu tinha ajudado. Ele AMA aquele lugar e se dedica muito a encontrar bons lares para os animais. Essa é só uma das coisas que eu adoro nele.

De repente, senti um nó na garganta. AI, MEU DEUS! Eu JÁ tinha começado a sentir saudade dele!

Foi quando criei um plano BRILHANTE!

Primeiro, dei alguns telefonemas rápidos. Depois, eu me sentei e escrevi uma carta muito especial para o Brandon. Meio que abri meu coração.

Quando cheguei à CupCakery, fiquei chocada e surpresa ao ver que ele também tinha escrito uma carta PARA MIM! Então trocamos cartas...

Tá, eu admito!

O Brandon e eu ESTRAGAMOS TUDO!

No começo, ficamos muito CHATEADOS!

O problema enorme que estávamos tentando resolver era EU estar em Paris e ELE na turnê da Bad Boyz durante o verão.

Mas tínhamos acabado de inverter as coisas, com ELE em Paris e EU na turnê da Bad Boyz.

Infelizmente, AINDA ficaríamos longe um do outro na maior parte do verão ☹!

Depois, nós ficamos meio ENVERGONHADOS!

Tínhamos aberto o coração e feito sacrifícios para tentar ficar juntos.

Como os personagens de uma história do tipo Romeu e Julieta dos tempos modernos... uma TRAGÉDIA.

E nos sentimos muito BOBOS!

A coisa toda tinha dado errado e se transformou em uma piada de MAU GOSTO! Estávamos esperando que uma câmera de TV escondida surgisse e alguém gritasse: "VOCÊS ESTÃO NA PEGADINHA!"

Ficamos ali, olhando um para o outro, frustrados. Então finalmente sorrimos e começamos a rir alto, até chorar e a barriga doer. Tínhamos que admitir que a situação toda era ABSURDAMENTE engraçada!

Ficou bem evidente que o Brandon e eu gostamos muito um do outro! DEMAIS!
^^^^^
ÉÉÉÉÉ ☺!

E, como seria muito GROSSEIRO chamar a Chase e pedir que ela me devolvesse a passagem para Paris, decidimos que o Brandon vai tentar encontrar um substituto para ser tutor no lugar dele.

O que, para ser sincera, não vai ser muito difícil.

Ei, a MacKenzie fala francês, não?! Eu adoraria DESPACHÁ-LA para outro continente pelo resto do verão!

Ela e a Tiffany SE MERECEM.

Além disso, QUEM não desejaria fazer uma viagem com todas as despesas pagas para passar o verão na LINDA, EMOCIONANTE, GLAMOROSA...

PARIS, a Cidade Luz?!

Bom, ok! A GRANDE pergunta é: QUEM não ia querer passar o verão em PARIS além de...

MIM ☺?!
DESCULPA!

Não consigo evitar...

EU SOU MUITO TONTA!!
☺!!

MARGARIDA E EU, COM MEU PRESENTE DE ANIVERSÁRIO PREFERIDO ☺!

Rachel Renée Russell é autora número um na lista de livros mais vendidos do *New York Times* pela série de sucesso Diário de uma Garota Nada Popular e pela nova série Desventuras de um Garoto Nada Comum.

Rachel tem mais de trinta milhões de livros impressos pelo mundo, traduzidos para trinta e sete idiomas.

Ela adora trabalhar com suas duas filhas, Erin e Nikki, que a ajudam a escrever e a ilustrar seus livros.

A mensagem da Rachel é: "Sempre deixe o seu lado nada popular brilhar!"